Johnny Buterland

Karpaten-Jazz

Terry Westhues und Lou van Reef als Kommissare des GPT (Grenzüberschreitendes Polizeiteam) ermitteln in einem neuen spannenden Kriminalfall an der deutsch-niederländischen Grenze. Barfrau Lola von der Wunne-Bar hat ihnen einen vertraulichen Tipp über eine kurz bevorstehende „Lieferung" aus Amsterdam gegeben und löst damit turbulente Verwicklungen in der Euregio auf dem Gronauer Jazzfest und „Karpaten" aus, dem größten Zeltfest in NRW.

Der Autor

Johnny Buterland wurde 1954 in Harsewinkel-Marienfeld (Ostmünsterland) geboren.

Nach Krankenpflegeausbildung und Medizinstudium in Berlin folgten ärztliche Tätigkeiten u.a. als Chefarzt und zuletzt eine langjährige Praxisausübung als niedergelassener Facharzt.

Der Autor lebt in Münster und Gronau.

Karpaten-Jazz

Der Euregiokrimi

Johnny Buterland

www.wunnebar.com

Personen und Handlung sind frei erfunden.
Ähnlichkeiten mit lebenden oder toten Personen
sind rein zufällig und nicht beabsichtigt.

Impressum

Bibliografische Information der Deutschen
Nationalbibliothek:

Die Deutsche Nationalbibliothek verzeichnet die
Publikation in der Deutschen Nationalbibliografie;

Detaillierte bibliografische Daten sind im Internet
unter http//www.dnb.de abrufbar.

www.wunnebar.com 2017, Münster

Umschlaggestaltung: ideart-agentur, Münster

Herstellung und Verlag:

© BoD-Books on Demand, Norderstedt

ISBN: 978-3-7431-9121-1

„Mach dich mal locker!"

Poldi C., „Prinz von Mallorca"

„Die Schweden sind keine Holländer, das hat man ganz genau gesehen!"

„Kaiser" Franz Beckenbauer

Kapitel 1

Frisch geduscht und guter Dinge verabschiedete sich Terry von den Sportfreunden ihrer Tai-Chi - Trainingsgruppe. Sie winkte zum Abschied für heute noch kurz hinüber zu Nobby Rheinländer, dem Besitzer des Tai- Chi-Zentrums und ihrem befreundeten Lehrmeister.

Sie hatte intensiv trainiert an diesem Donnerstagabend und fühlte sich wohlig müde. Die blonden Locken waren noch etwas feucht, sie schüttelte den Kopf und schnappte sich ihre Sporttasche. Nach dem Sport, den sie regelmäßig bis zu dreimal die Woche ausübte, wollte sie noch kurz zur Wunne-Bar gehen, dort etwas Leichtes essen und ihren Flüssigkeitshaushalt nach dem Schwitzen wieder in Ordnung bringen. Vom Tai-Chi-Zentrum am LaGa-Gelände (Landesgartenschau) bis zur Wunne-Bar an der Ecke Bahnhofstraße/Neustraße in Gronaus Innenstadt war es nur ein kurzer Fußweg. Die frische Luft tat jetzt gut nach dem anstrengenden Arbeitstag als Kriminalkommissarin beim GPT (Grenzüberschreitendes Polizeiteam) und dem anschließenden Sporttraining. Ganz nebenbei konnte sie schon Veränderungen in der Innenstadt wahrnehmen, da Absperrungen und Bühnen aufgebaut wurden für das diesjährige Gronauer Jazzfest 2017.

Terry war schon voller Vorfreude auf das Wochenende. Gemeinsam mit ihrem Lebensgefährten Klaus Marienfeld, ihrem Bruder Tom mit Schwägerin Laura sowie Freunden aus Münster wollten sie am diesjährigen Jazzfest teilnehmen und viel Spaß haben. Sie hatten sich so verabredet, dass Klaus zusammen mit den Münsteranern am Freitag mit dem Sonderzug aus Münster in Gronau ankommen würde und dann das Wochenende gemeinsam mit ihr in der kleinen Wohnung in der Veilchenstraße nahe der Polizeistation Gronau verbringen würde.

Der Rest der Clique würde den Sonderzug um 1:30 Uhr in Richtung Münster - nicht Pankow wie bei Udo - für die Rückfahrt nutzen.

Vorbeigehend am „Elefant" genannten Wohn- und Geschäftshaus am LaGa-Gelände sah sie sich die Veränderungen in der Bahnhofstraße an, wo es am morgigen Freitag sicher sehr lebhaft zugehen würde.

Sie sah schon die Leuchtreklame der Wunne-Bar. Auch hier machten sich bereits die Veränderungen aus Anlass des bevorstehenden Festes bemerkbar.

Die sonst gut besuchten Außentische waren zugunsten eines freien Platzes umgestellt worden. Gegenüber der Bar waren Bühnenarbeiter noch dabei, die dort platzierte Bühne sicher und fachgerecht vorzubereiten für die dort auftretenden Jazzmusiker.

Die Eingangstür öffnete sich in diesem Moment und sie konnte unmittelbar in die Gaststube eintreten. Das Interieur war ihr vertraut und die Atmosphäre der Wunne-Bar erfüllte sie sofort mit einem guten Gefühl. Hinter dem Bartresen beherrschte wie immer Lola, die Besitzerin der Wunne-Bar, mit ihrer Präsenz die Szene. Mit ihren langen rötlichen Haaren, einem üppigen Dekolleté und fraulicher Figur zog sie ganz automatisch die Blicke der Männer auf sich. Lola und Terry kannten sich jetzt schon ein paar Jahre und es hatte sich ein freundschaftliches Verhältnis entwickelt.

Immer wieder war Terry erstaunt über die sehr gute Menschenkenntnis Lolas und auch ihr sehr gutes Informationsnetzwerk. Offenbar strahlte sie ein großes Einfühlungsvermögen und vertrauenswürdige Diskretion aus. Die Kombination ihrer weiblichen Reize mit Alkoholgenuss von Gästen löste denen manchmal die Zunge mehr als gewünscht. Ab und zu konnte sie Terry durch Informationsweitergabe des Gehörten auch bei ihrer polizeilichen Arbeit unterstützen.

In einem früheren sehr privaten Moment hatte ihr Lola auch einmal etwas vertieft über vergangene Zeiten erzählt. Bereits mit 18 Jahren war sie aus dem Westmünsterland nach Amsterdam gezogen. Dort hatte sie für einige Jahre in der Gastronomie gearbeitet und die Facetten des Nachtlebens kennengelernt. Noch heute war ihr das Vergnügungsviertel Rossebuurt (Niederländisch für „pinke" oder „rote" Nachbarschaft) bestens vertraut und sie verfügte weiterhin über sehr gute persönliche Kontakte zur dortigen Szene.

Lola kam an ihren Tisch, grüßte sie freundlich und fragte nach Ihren Wünschen. „Ich hätte gerne eine Portion Thunfischsalat und dazu ein alkoholfreies Bier". „Kommt sofort, bestimmt bist du ja ganz durstig wie immer nach deinem Sporttraining. Erhol dich erst einmal und komm zu frischen Kräften." Dann senkte sie ihre Stimme und flüsterte leise ganz aus der Nähe: "Wenn du dich gestärkt hast, möchte ich dich unbedingt noch persönlich sprechen. Dazu müssten wir allerdings kurzzeitig einmal in mein Büro gehen, Harry kann mich dann hier in der Bar eine kurze Weile vertreten."

Was hat das nun zu bedeuten? Terry war irritiert. Diese Heimlichtuerei war sie von Lola wirklich nicht gewohnt, da wird ganz sicher etwas mehr dahinterstecken. Wie versprochen kehrte Lola zügig mit dem kühlen Bier zurück. Terry nahm erstmal einen ordentlichen Schluck. Das tat richtig gut und sie freute sich schon auf den bestellten Salat. Den ganzen Tag über hatte sie noch nichts Richtiges gegessen. Kurz darauf brachte Harry eine großzügige Portion des Thunfischsalates. Sie spürte, wie sich ihre Energiereserven insgesamt wieder auffüllten und sie sich körperlich besser fühlte. Allerdings war sie in Gedanken mehr bei Lolas geheimnisvollen Andeutungen und sehr gespannt, was sie heute noch erfahren würde.

Mit der Qualität des Salats war sie sehr zufrieden, bestellte sich noch ein neues Bier und gab Lola das Zeichen, dass sie bereit für das gewünschte Gespräch sei. Lola unterhielt sich kurz mit Harry, dem sie wohl einige Anweisungen gab, dann gingen sie gemeinsam in ein Hinterzimmer. Ein richtiges Büro war das allerdings nicht. Aber ein Arbeitsplatz mit Schreibtisch, Telefon und Laptop reichte wohl für die Erledigung täglicher Geschäfte. Lola setzte sich auf ihren gewohnten Schreibtischstuhl und bot Terry den Platz in einem etwas abgewetzten Sessel an. „Terry, ich habe dir bereits angedeutet, dass ich Kenntnis von einer Sache bekommen habe, die ins kriminelle Milieu reicht, und deren Dimension ich nicht richtig einschätzen kann. Vorab möchte ich um Verständnis bitten, dass du mich aus der Sache später einmal heraushalten musst, damit ich persönlich oder auch meine Bar nicht Gegenstand von Racheakten werden kann. Andererseits kann ich es auch nicht dulden, wenn in meinem Umfeld kriminelle Handlungen passieren und mein guter Ruf gefährdet wird."

„Da ich ja noch unzureichende Informationen habe kann ich dir keinen Blankoscheck ausstellen hinsichtlich irgendwelcher Verwicklungen. Auf jeden Fall verspreche ich dir, dass ich mich bemühen werde, Schaden von dir persönlich oder deinem Geschäft fernzuhalten."

„O. k., dann versuche ich einmal, in kurzen Worten mitzuteilen, worum es geht. Dir ist ja meine Vergangenheit in Amsterdam gut bekannt, wir haben früher darüber gesprochen. Von einem alten Bekannten aus der Rossebuurt habe ich einen wichtigen Hinweis bekommen. Gestern spät abends bin ich angerufen worden und man hat mir mitgeteilt, ich solle gut aufpassen, weil am Freitag eine wertvolle Lieferung nach Gronau gehen soll.

Welche Art von Lieferung das sein soll konnte mein Bekannter mir nicht sagen aber es müsste mit Musik und einem Fest zu tun haben."

Terry hakte noch einmal genau nach, ob vielleicht die Möglichkeit besteht, mit Lolas Bekanntem direkt Kontakt aufzunehmen. Das wurde aber sofort ausdrücklich und vehement zurückgewiesen, da man sich auf ihre absolute Diskretion verlassen würde und sie die Information nur zu ihrem Selbstschutz bekommen habe.

Die beiden Frauen sahen sich an. Terry Westhues wusste, dass Lola ihr wohl weder mehr sagen könnte noch wollte. Sie überlegte schnell, wie sie jetzt weiter vorgehen sollte und kam zum Schluss, dass sie gleich morgen um 8:00 Uhr bei der Dienstbesprechung die Information in der GPT-Zentrale in Enschede auf die Tagesordnung nehmen würde. Die Federführung des Falles wollte sie gemeinsam mit ihrem Polizeikollegen Lou van Reef übernehmen.

Kapitel 2

Um kurz vor 8:00 Uhr morgens wurde es lebhaft in der GPT-Zentrale in Enschede. Das Besprechungszimmer füllte sich mit den diensthabenden Kollegen der Frühschicht am Freitag. Vorab hatten sich Terry Westhues und Lou van Reef schon bei der Nachtschicht über die Ereignisse der letzten 12 Stunden informiert und überlaufende Verfahren ausgetauscht.

Von den insgesamt 20 Polizisten des GPT – Teams, je zur Hälfte Deutsche und Niederländer, schaute Terry auf acht aktuell anwesende Kolleginnen und Kollegen. Die meisten hatten sich bereits einen Pott Kaffee besorgt, um mit frischem Koffein etwas munterer zu werden.

Terry selbst war bereits hellwach. Obwohl sie nach dem Gespräch mit Lola gestern Abend zunächst noch recht aufgewühlt gewesen war, schlief sie nach einem langen Tag mit zusätzlicher intensiver Sporteinheit doch gut ein. Schon beim Frühstück und auf dem Weg über Glanerbrug nach Enschede hatte sie sich Gedanken über die heutige Vorgehensweise gemacht.

„Guten Morgen liebe Kolleginnen und Kollegen, ich möchte um eure Aufmerksamkeit für einen möglichen neuen Fall am heutigen Tag bitten und über meinen bisherigen Informationsstand berichten. Gestern Abend habe ich von einer vertrauenswürdigen Person in Gronau einen Hinweis bekommen, dass heute eine Lieferung von Amsterdam über die deutsch-holländische Grenze nach Gronau erfolgen soll. Weitergehende Hinweise, worum es sich bei der Lieferung handeln könnte, gibt es nicht. Es könnte ganz vage ein Zusammenhang mit einem Musikfest bestehen. Es ist ja allgemein bekannt, dass in dieser Woche das jährlich stattfindende Jazzfest Gronau bereits läuft und heute als Hauptattraktion in der Innenstadt auf Freiluftbühnen sowie in Kneipen und in der Bürgerhalle zahlreiche Jazzbands auftreten werden. Zu diesem Fest werden wieder Tausende von Zuschauern erwartet mit auch internationalem Publikum, Presse, Rundfunk und Fernsehen. Insbesondere kommen auch zahlreiche holländischen Gäste nach Gronau, aus Richtung Münster wird sogar ein Sonderzug eingesetzt. Es ist also auf allen Verkehrswegen mit hoher Verkehrsdichte zu rechnen und damit eine gute Gelegenheit für Kriminelle, allgemeine Unruhe zu ihren Gunsten zu nutzen."

„Gibt es denn keinerlei Hinweise oder konkrete Spuren, wonach wir überhaupt suchen sollen? Das Wort Lieferung lässt ja alle Möglichkeiten offen vom Rauschgifttransport über Autoschieberei, Hehlerei von gestohlenen Waren bis hin zum Menschenhandel?"

„Nein, leider gibt es zum derzeitigen Zeitpunkt keine konkretere Spur. Erst wenn wir besondere Auffälligkeiten bemerken oder im Laufe des Tages neue Informationen auftauchen, werden wir handlungsfähiger. Bis dahin arbeiten wir in unseren bekannten Strukturen und tauschen uns regelmäßig aus. Bitte stellt euch darauf ein, dass die Verbrecher nicht am Freitagnachmittag ein freies Wochenende beginnen sondern dass auch für uns mehr Arbeit je nach Lage auftreten kann."

Lou meldete sich zu Wort: „Zum Thema Musikfest möchte ich noch darauf hinweisen, dass heute Abend nicht nur das Jazzfest in der Innenstadt Gronaus stattfindet sondern zusätzlich und parallel bei Alstätte wieder das Zeltfest „Karpaten" mit 5000 erwarteten Gästen läuft. Auch das könnte ein Anlaufpunkt für die erwartete Lieferung sein und wir sollten das Fest mit im Auge behalten."

Das Team war professionell genug, um jetzt die eigenen Aufgaben nach Einsatzplan angehen zu können. Die Besonderheit des GPT war ja, dass je ein niederländischer und ein deutscher Kollege gemeinsam ihren Aufgaben nachgehen. Dabei übernimmt jeweils der Kollege des Landes in dem man sich befindet die Federführung. In den letzten Jahren hat sich so eine schlagkräftige Zusammenarbeit entwickelt die, wie auch bei den Kriminellen, nicht mehr an Landesgrenzen Halt macht. Auch die verbesserte Ausrüstung insbesondere mit Digitalfunk und einer zentralen Einsatzsteuerung hat eine Steigerung der Aufklärungsquote bewirkt.

Terry und Lou gingen zusammen vom Besprechungszimmer zu ihren Schreibtischen um ihre Vorgehensweisen abzustimmen. Terry hatte sich vorgenommen, insbesondere den Kontakt zu Lola und der Wunne-Bar zu halten. Davon erhoffte sie sich schnellstmöglich weitergehende Informationen zu erhalten, sobald eine Lieferung eintreffen würde. Gleichzeitig fühlte sie sich auch in besonderer Weise für die Sicherheit von Lola und ihrer Umgebung verantwortlich.

Sie ertappte sich bei dem Gedanken, dass ja eigentlich heute ein schöner freier Freitagabend angesagt war. Mit Klaus, ihrem Bruder Tom und Freunden wollten sie gemeinsam feiern und das Jazzfest genießen. Das sah jetzt nicht mehr gut aus mit ihrer Teilnahme und sie müsste schon mal vorab mit Klaus telefonieren.

Auch Lou hatte sich für den Abend schon etwas vorgenommen. Er hatte seinem 18-jährigen Sohn Roy versprochen, dass er ihn mit seinem PKW von Enschede zu Karpaten nach Alstätte bringen würde. Vielleicht könnte er ja sein Versprechen einhalten und gleichzeitig bei Karpaten vor Ort die Augen offenhalten und ein Gespräch mit dem Veranstalter und dem Security- Verantwortlichen führen. Die Idee fanden beide ganz gut. Terry würde sich also primär in Richtung Gronauer Innenstadt und Jazzfest orientieren und Lou mit dem Schwerpunkt Karpaten unterwegs sein.

Kapitel 3

Pünktlich um 18:15 Uhr ertönte die Trillerpfeife für den Nahverkehrszug Münster/Enschede im Münsteraner Hauptbahnhof. Leider hatten sich die Passagiere doch noch durch die Baustelle hindurchbewegen müssen. Eigentlich sollte der neue Hauptbahnhof bis zum Beginn des nur alle 10 Jahre durchgeführten großen Skulpturenfestivals 2017 fertiggestellt sein. Leider hatte es doch noch eine kleine Verschiebung gegeben, so dass die zahlreich erwarteten Besucher einige Hindernisse auf dem Weg in die Innenstadt überwinden müssten. Alle zehn Jahre wieder gibt es ein Stelldichein von namhaften Künstlern aus aller Welt, die in Münster ihre Skulpturen ausstellen können. Das Festival hat inzwischen einen international sehr guten Ruf unter der künstlerischen Leitung von Kasper König. Auch in 2017 verteilen sich die Skulpturen wieder auf das gesamte Stadtgebiet und ziehen die Besucher in ihren Bann. Am besten kann man die Kunstwerke per Fahrrad besichtigen, entsprechende Leihräder können auswärtige Besucher unmittelbar am Hauptbahnhof und am Fahrradparkhaus bekommen. In den letzten Jahren hat der Münster-

Tourismus stark zugenommen. Der stimmungsvolle Prinzipalmarkt, der Aasee sowie die wechselnden „Tatorte" sind inzwischen bundesweit bekannt durch zahlreiche Verfilmungen mit Jan-Josef Liefers, Axel Prahl und Leonhard Lansing im „Münster-Tatort" und „Wilsberg". Auch Terry und Klaus hatten mehrfach Gelegenheit, Dreharbeiten am Münster-Hafen von ihrer Penthousewohnung aus zu überblicken.

Heute stand Klaus am Bahnsteig mit drei Pärchen. Terrys Bruder Tom mit seiner Frau Laura war schon eine Station von Telgte aus zum Hauptbahnhof gefahren und konnte bequem umsteigen. Zu ihrer Clique gehörten zusätzlich Johannes und Julia Graf von der gleichnamigen Galerie Graf & Graf sowie Matze und Ruth. Die beiden Kinder von Tom und Laura durften heute bei den Großeltern auf dem Bauernhof in Telgte übernachten und waren am Nachmittag schon ganz aufgeregt gewesen. Dort konnten sie sich immer frei austoben, wurden verwöhnt und spielten liebend gern mit Bonnie, dem allseits geliebten Familienhund. Auch für Toms Vater Günter und seine Lebensgefährtin Anja waren die Zeiten mit ihren Enkelkindern echte Highlights.

Sie hatten sich so verabredet, dass die Eltern am Samstag zum Mittagessen auf den Hof kommen würden und danach die beiden Kinder wieder mit nach Hause nehmen könnten. Bis dahin hatten sie einmal Freiräume für sich selbst und freuten sich auf einen unbeschwerten Abend.

Für Matze war es heute auf der Arbeit noch etwas stressig geworden. In der Entwicklungsabteilung seines Arbeitgebers, eines großen Chemiekonzerns, lief derzeit ein wichtiges Projekt für einen weltweit tätigen Automobilhersteller und er konnte sich als Entwicklungsexperte keine Fehler erlauben. Er war dann unmittelbar nach der Arbeit am Bahnhof Münster-Hiltrup eingestiegen und zum Hauptbahnhof gefahren. Seine Freundin Ruth war zeitlich etwas flexibler und hatte ihre Deutschkurse für Migranten bereits am Mittag für den heutigen Tag beenden können.

Die Galeristen Johannes und Julia hatten ihre Mitarbeiterin für den Rest des Tages mit der weiteren Leitung der Galerie betraut und wussten diese in guten Händen.

Sie nahmen Platz im modernen Zug und hatten sich auf eine Stunde Fahrzeit eingestellt. Schon nach wenigen Minuten holte Ruth eine Flasche Sekt aus ihrer Tasche und bat Matze, diese zu öffnen. Das war natürlich fix gemacht und der erste Umtrunk unter den Freunden konnte bereits bei Altenberge beginnen. Die Stimmung war fröhlich, sie freuten sich allesamt auf die Musikdarbietungen des Abends und ein paar gemeinsame Stunden. So fuhren sie durch die Parklandschaft des Münsterlandes an Steinfurt und Ochtrup vorbei in Richtung Gronau. Nur Klaus war noch etwas zurückhaltend. Er hatte den anderen von Terrys dienstlichen Verpflichtungen berichtet. Allerdings hatte er nicht erwähnt, dass Terry im Rahmen des Jazzfestes kriminalistisch ermittelte

Wenn man sich im Zug umschaute konnte man unschwer erkennen, dass mit ihnen eine ganze Reihe von Mitreisenden aus Münster im Zug saßen, die auch zum Jazzfest nach Gronau fahren wollten. Die meisten der Passagiere waren etwas älter als ihre Gruppe. In ihrer Clique waren sie alle etwas über 30 Jahre alt, die typischen Besucher des Jazzfestivals aber wohl eher über 50, betont leger mit Jeans gekleidet, gern mit Hut bei etwas lichter gewordenem Haar und einem prägnanten Brillengestell.

Nach einstündiger Fahrzeit und geleerter Sektflasche erreichten sie gut gelaunt den renovierten Gronauer Bahnhof und liefen zu Fuß in die Gronauer Innenstadt.

Kapitel 4

Aus der GPT-Zentrale waren am Nachmittag noch keine wesentlichen Neuigkeiten eingetroffen. Über die Grenzregion verteilt waren alle Polizeibeamten im Dienst über die Situation aufgeklärt und äußerst wachsam. Terry war zwischendurch zu ihrer Wohnung in die Veilchenstraße gefahren und hatte sich frisch gemacht. Nun wollte sie sich auch in die Innenstadt begeben mit dem Schwerpunkt, insbesondere die Wunne-Bar und deren unmittelbare Nachbarschaft im Auge zu behalten.

Lou machte sich von seinen Wohnort Losser auf nach Enschede. Dort wollte er seinen Sohn von der Wohnung seiner Exfrau abholen. Er hatte versprochen, Roy in die Bauerschaft nahe Alstätte zu bringen. Dort wollten sich Freundinnen und Freunde auf dem Bauernhof bei Vera treffen. Vermutlich würden es 6-8 junge Leute werden, die es sich auf dem Bauernhof bequem machen wollten und schon einmal vor dem eigentlichen Karpatenfest gemeinsam „vorglühen" würden. In Veras Elternhaus gab es im Keller einen geräumigen Partyraum, in dem sie unter sich schon einmal locker feiern konnten. Roy hatte auch die

Erlaubnis bekommen, nach dem Fest auf dem Bauernhof zu übernachten. Es hätte zwar die Möglichkeit bestanden, mit einem Bus noch nach Enschede kommen zu können, aber heute hatte er ganz gern die Übernachtungsmöglichkeit angenommen.

Lou klingelte bei seiner Exfrau und Roy kam schnell startklar zur Tür. Die Entfernung von Enschede nach Alstätte ist ja über die grüne Grenze nur ein Katzensprung. Auf dem Weg schaute er sich dienstbeflissen zwischendurch immer mal wieder um, ob vielleicht irgendwelche Auffälligkeiten zu sehen wären, feststellen konnte er aber nichts. Sie fuhren dann über die Landstraße am riesigen Partyzelt vorbei und bogen etwa 800 Meter weiter in einen landwirtschaftlichen Privatweg ein und parkten auf dem Hofgelände.

Sofort bellte der Hofhund laut los, beruhigte sich aber sofort, als Vera an der Tür erschien und ihn ansprach. Lou vergewisserte sich, dass Roy seine Sachen mit ins Haus nahm und erinnerte ihn daran, auf jeden Fall das Handy mitzunehmen. Er schärfte ihm noch einmal ein, dass er auf jeden Fall immer für Roy erreichbar sei und sowieso das Handy aus dienstlichen Gründen eingeschaltet lassen musste. Lou wünschte Vera sowie den anderen Freunden einen schönen Abend und versprach, seinen Sohn nach telefonischer Absprache am nächsten Tag wieder abzuholen.

Vera und Roy gingen schon einmal in den Partykeller, dort hatten es sich Maren, Christin, Franziska, Bernd, Bastian und Jenny bereits gemütlich gemacht. Da die richtige Party bei Karpaten sowieso erst nach 22 Uhr abends beginnen würde, hatten sie jetzt noch genügend Zeit, bei schöner Partymusik und ohne Getränkekosten den Abend in kleiner Runde zu beginnen.

Kapitel 5

Lou fuhr den Weg vom Bauernhof zur Landstraße zurück und sah schon nach wenigen Metern das riesige Partyzeltgelände. Natürlich hatte auch Lou viele Berichte über die sagenhaften Karpatenpartys gehört, er selbst war bisher aber nie dort gewesen. Das weitläufige Gelände war schon beeindruckend und überstieg seine bisherigen Vorstellungen. Von der Straße aus konnte man noch gut erkennen, dass der Ursprung des Festes in einer außerhalb von Alstätte gelegenen Bauerngaststätte lag. Der Name „Karpaten" war hier gleichzeitig Programm, es lag wirklich mitten in der Bauerschaft und weit entfernt von städtischen Regionen. Das war auch gleichzeitig eine Besonderheit und der Zauber von Karpaten. Insbesondere spielte das Thema Lautstärke hier keine Rolle wegen der großen Abstände zur weiteren Bebauung. In diesem Jahr jährte sich die Veranstaltung bereits zum 55. Mal, so dass inzwischen wieder eine ganz neue junge Generation dort ihre Partys feierte. Aber auch die Eltern hatten ja in der Jugend bereits Partyerfahrungen mit Karpaten gemacht und es war ein fester Begriff in der Region. Wegen der schwierigen Anbindung hatte man vor einiger Zeit einen Bus Shuttle- Service eingeführt, so dass die jüngeren Besucher auch nachts sicher in die umliegenden Städte zurückfahren konnten.

Zu diesem Zeitpunkt konnte man noch direkt vor der Gaststätte Karpaten parken. Er hatte vor, zunächst einmal das Gespräch mit dem Geschäftsführer und dann mit dem Chef der Security zu suchen und sich vorzustellen.

Er ging in die Gaststätte und fragte nach dem Geschäftsführer. Die freundliche Dame hinter dem Tresen erläuterte ihm, dass Herr Brockmeyer sich aktuell bereits in den Zelten aufhalte. Sie war aber so freundlich und rief ihren Chef auf dem Handy an, so dass er sich mit ihm in der Strandbar verabreden konnte.

Er ging dann den kurzen Weg zum Haupteingang der Zeltstadt, zeigte den Security Mitarbeitern seinen Polizeiausweis und wies auf seine Verabredung mit dem Geschäftsführer hin. Daraufhin erklärten die Security Mitarbeiter ihm etwas genauer den Weg zur Strandbar. Da sich zu diesem Zeitpunkt lediglich Techniker, Musiker bei ihren Proben und die Bediensteten der Gastronomie im Zelt aufhielten konnte er zügig zur Strandbar gehen. Auf dem Weg blickte er sich ein wenig um in den leeren Zelten. Hinter dem Eingang waren wie üblich Garderoben und die Kasse. Dahinter schloss sich linksseitig das Zelt des Lokalsenders radiowmw an. Dort würden zwei DJs vom Radiosender Gästen ordentlich mit Partymusik einheizen. Schon jetzt lief die aktuelle Musiksendung von radiowmw mit dem beliebtesten Moderator der Region, Benjamin Rotzler, als Warm-up über die Zeltlautsprecher. Für die etwas ruhigeren Momente war dann eine Chill-out-Area unter dem Namen Wunderbar abgeteilt. Offenbar konnte man dort in ruhiger und entspannter Atmosphäre seine Longdrinks trinken. Inzwischen hatte er sich in dem Zeltpark einigermaßen orientiert und fand den Weg zur Strandbar. Mitten im Geschehen standen einige Techniker, die gerade Aufgaben zugewiesen bekamen von ihrem Chef. Es konnte nur der Geschäftsführer Herr Brockmeyer sein.

Lou zückte seinen Dienstausweis und stellte sein Anliegen vor. Seine Frage nach besonderen Vorkommnissen an diesem Abend verneinte Herr Brockmeyer und war erleichtert als Lou ihm den Sachverhalt erklärte. Offenbar war Herr Brockmeyer froh, dass kein Gewaltdelikt oder eine akute Bedrohung seines Festes vorlag.

Selbstverständlich würde er Herrn van Reef sofort über Besonderheiten verständigen und verwies ihn an Herrn Obermeier, den Chef der Security -Firma. Der befinde sich derzeit wohl im Grosch-Zelt, dem Hauptsaal des Festes. Lou ging allein weiter und wurde dort bereits von Schlagermusik empfangen. Gerade liefen wohl die Proben des Stargastes der Nacht. Das war in diesem Jahr

Poldi C., der „Prinz von Mallorca".

Schlagermusik war eigentlich nicht Lous favorisierte Musik, aber Poldi C. mit seinem Hit:

„Mach dich mal locker" war auch ihm natürlich ein Begriff.

Herr Obermeier stand an der Seite und war offensichtlich mit der Prüfung der Absperrungen beschäftigt. Lou trat an ihn heran und sie machten sich bekannt. Er ließ sich von Herrn Obermeier die im Vorfeld bereits mit der Polizei abgestimmten Sicherheitsmaßnahmen erklären. Der Security-Chef wies dabei ausdrücklich darauf hin, dass die Sicherheitsmaßnahmen in diesem Jahr noch einmal deutlich verstärkt worden seien wegen der in den letzten Monaten erhöhten Sicherheitsrisiken durch verschiedene Anschläge. Neben seinem eigenen Personal innerhalb und außerhalb des Festzeltes sowie im Eingangsbereich an der Kasse seien ständig Streifen in den Zelten unterwegs. Der Backstagebereich sei zudem noch durch eigenes Sicherheitspersonal der Künstler zusätzlich gesichert. Notausgänge gebe es genügend und man könne ja ganz fix auf das Wiesengelände nach draußen bei möglichen Panikzuständen. Die auftretenden Künstler seien im nahe gelegenen KKK, dem Karpaten-Kunst & Körper-Resort, bestens untergebracht. Von dort fahre ein Shuttle-Service zum VIP-Eingang. Der Stargast Poldi C. sei allerdings mit eigenem SUV und Sicherheitspersonal unterwegs. Auch Herrn Obermeier war bisher keine Besonderheit aufgefallen, die im Zusammenhang mit einer „Lieferung" stehen könnte. Lou bedankte sich und wollte zunächst einmal Terry einen Lagebericht geben. Aber auch Terry hatte aktuell noch keine Neuigkeiten zu berichten. Sie blieben weiter in Kontakt mit ihrer Zentrale, Terry wollte Klaus und ihre Clique in der Fußgängerzone treffen.

Kapitel 6

Lou hatte kurzfristig entschieden, sich einmal im KKK-Resort umzusehen. Der Begriff Karpaten - Kunst & Körper- Resort sagte ihm nicht viel und er war neugierig, was sich hinter diesem Begriff verbergen würde.

Auf dem Weg zwischen Alstätte und Gronau kurz vor der der ersten Ausfahrt der B 54 auf bundesdeutschem Gebiet sah er schon die Hinweisschilder der Hotelanlage.

Ruhig gelegen und zur Straße hin von einem Wäldchen verdeckt erkannte er ein mehrfach untergliedertes Gebäude im Stile von verbundenen Bauhausvillen. Alles wirkte sehr leicht und großzügig, freundlich einladend und entspannt.

Das Foyer nahm von der Einrichtung her die Leichtigkeit und Großzügigkeit der äußeren Formen auf. Er konnte sich gut vorstellen, dass dieses ein Ort der Entspannung und des Wohlbefindens sein könnte. Von der freundlichen und attraktiven Empfangsdame wurde er angesprochen und nach seinen Wünschen gefragt. Lou zückte diskret seinen Dienstausweis und bat darum, den Geschäftsführer des Hotels zu sprechen. Für einen kurzen Moment nahm er im Foyer Platz und hatte dabei Gelegenheit, den Blick über ausgewählte Kunstwerke schweifen zu lassen und sich ein wenig inspirieren zu lassen. Nach wenigen Augenblicken traf sein Blick dann eine äußerst attraktive und direkt auf ihn zukommende Frau, die sich mit dem Namen Nadja Fischer als Geschäftsführerin des Resorts KKK vorstellte.

„Bitte kommen Sie doch mit in mein Büro. Sicher werden Sie verstehen, dass wir in unserer Hotelanlage äußersten Wert auf Diskretion legen und polizeiliche Angelegenheiten sehr zügig und kooperativ bearbeiten wollen."

Auch das Büro der Geschäftsführerin wirkte mit hellen Farben und moderner Möblierung sehr einladend. Neben farbenfrohen Kunstwerken war ihm sofort ein größeres Foto ausgefallen, auf dem die Geschäftsführerin mit dem Superstar Helene Fischer abgebildet war.

„Ja, ich sehe schon, ihr messerscharfer polizeilicher Blick und ihre Kombinationsgabe hätten gerne eine Erklärung für dieses Foto. Es ist ganz einfach, meine jüngere Cousine Helene hat mich das eine oder andere Mal hier besucht. Mit familiärer

Atmosphäre und tollem Konzept sorgen kurze Entspannungsphasen in unserem Resort doch bei jedermann und eben auch bei Helene für Erholung nach Stressphasen."

Lou war beeindruckt, auf den zweiten Blick meinte er jetzt auch eine gewisse Ähnlichkeit zwischen Helene und Nadja Fischer erkennen zu können, aber das war sicher pure Einbildung.

„Frau Fischer, die Polizei erwartet heute noch eine Aktion von Kriminellen, die ich Ihnen nicht näher erläutern kann und darf. Es kann aber einen Zusammenhang mit den beiden Musikfesten des Wochenendes, dem Karpatenzeltfest und dem Jazzfest Gronau geben. In ihrer Anlage gastieren Mitglieder der Jazzbands und auch der Stargast von Karpaten, Poldi C., mit seinem Gefolge. Ich möchte Sie bitten, mich im Falle von Auffälligkeiten unmittelbar zu kontaktieren."

„Herr van Reef, vielen Dank für Ihre Offenheit. Ich werde sofort mit meinem Sicherheitsdienst sprechen. Aus Sicherheitsgründen haben wir in verschiedenen Bereichen eine Videoüberwachung und in den VIP-Suiten eigene Unterbringungsmöglichkeiten für das Security-Personal. Unser Resort ist zwar hier vor Ort nicht so bekannt wie es unsere Gäste aber zum Teil schon sind. Wir lieben allerdings das Understatement und haben uns in der Künstlergemeinschaft einen sehr guten Ruf erarbeitet. In Grenznähe Deutschlands zu Holland, bei guten Verkehrsverbindungen sowie ländlicher Umgebung können in unserem Resort gestresste Manager und Gäste mit Wunsch nach Erholung, Sport und Wellness eine ruhige Oase vorfinden. Durch Kooperationen mit einem nahegelegenen Golfclub und einem Reiterhof sind wir auch hier in der Lage, die meisten Wünsche unserer Kunden bestmöglich erfüllen zu können. Ganz einzigartig ist dabei unser ganzheitliches Konzept, Künstlern mit körperlichen Beschwerden durch Überlastung oder seelische Belastung mit vegetativen Beschwerden, Burnout, Schlafstörungen mit der Folge von Schreibblockaden, Versagensängsten und nachlassender schöpferischer Kraft helfen zu können. Für die körperlichen Beschwerden arbeiten wir mit renommierten Orthopäden und Internisten der Universitätskliniken zusammen. Dabei können wir hier vor Ort ein umfangreiches Sport- und Bewegungsprogramm unter der fachlichen Leitung der Osteopathin Frau van Basten als ein außergewöhnliches, individuell zugeschnittenes, Personal-Training anbieten.

Ergänzend helfen uns Spezialisten auch auf nervenärztlichem Gebiet sowie ein Mentaltrainer, der sonst für Spitzenathleten tätig ist. Es wird ja häufig vergessen, welche hohen Anforderungen an Künstler hinsichtlich ihrer Stimme, ihrer Konzentrationsfähigkeit, der Kreativität und auch ihrer körperlichen Leistungsfähigkeit gestellt werden. Bei Orchester- oder Bandmitgliedern sowie Solisten gibt es ja teilweise bereits seit der Jugend Fehl- und Überbelastungen."

Lou war sichtlich beeindruckt von dem Gesamtkonzept der Anlage, aber auch von Nadja Fischer, die auf ihn einen sehr kompetenten und weltläufigen Eindruck machte. Das war aber sicher auch eine der Voraussetzungen, um die Geschäftsführung einer solchen Hotelanlage ausüben zu können.

Bei den Ausführungen war Lou zwischenzeitlich der Name von Frau van Basten aufgefallen. Diese hatte am Rande eines früheren Falles eine Rolle gespielt. Damals war sie durch Tätigkeiten im Personaltraining in einen Skandal mit Korruption am Bau, einem Sex-Video und einem tödlichen Verkehrsunfall verwickelt. Da würden sie jetzt sicher ganz genau aufpassen, ob es bei Frau van Basten irgendwelche Kontakte in das kriminelle

Milieu hineingeben könnte. Lou van Reef bedankte sich ganz herzlich für das Gespräch und ging durch das Foyer nachdenklich zu seinem Wagen zurück.

Auf der Polizeiwache würde beim GPT in jedem Fall eine Abfrage zu Frau van Basten erfolgen. Lou war nicht bekannt, ob es nach dem früheren Vorfall noch einmal eine weitere polizeiliche Auffälligkeit der Osteopathin gegeben hatte.

Kapitel 7

Innerhalb einer knappen Viertelstunde erreichte Lou die Polizeistation an der Moltkestraße in Gronau. Dort parkte er seinen Dienstwagen und ging dann zu Fuß in Richtung Innenstadt über den Kurt-Schumacher-Platz zur Neustraße. Mit seinem Polizeiausweis konnte er die Absperrungen schnell hinter sich lassen und machte sich auf zum Treffpunkt mit Terry und deren Freunden. Trotz des Menschenauflaufs war der Freundeskreis aus Münster schnell erkennbar. Terry stellte ihren Kollegen Lou ihrem Bruder und ihren Freunden vor, ihren Partner Klaus Marienfeld hatte Lou bereits bei einem früheren Fall kennengelernt.

„Ich komme gerade vom Karpaten- Körper& Kunst- Resort KKK und bin immer noch beeindruckt sowohl von der Hotelanlage wie auch von der Geschäftsführerin Nadja Fischer."

„Wie kommst du denn da hin?" schaltete sich Klaus in das Gespräch ein. „Vor etwa fünf Jahren war ich dort mitbeteiligt an der Projektentwicklung und habe die Architektur wesentlich mitgestaltet." Auch Terrys Bruder Tom spitzte die Ohren. " Na klar, damals hattest du mich wegen der komplexen

Gebäudetechnik angesprochen. Insbesondere wegen der speziellen Anforderungen im Spa-Bereich, dem Schwimmbad, der Sauna sowie den künstlerischen Ateliers war das technisch damals eine echte Herausforderung und ist mir noch in Erinnerung geblieben." Das war ja nun wirklich ein Zufall, offenbar war das KKK-Resort außerhalb Gronaus wirklich bekannter als vor Ort.

In diesem Moment legte die Jazzband aus Wuppertal auf der Freilichtbühne los und begann mit flottem Bebop-Jazz. Terrys Bruder Tom und der Galerist Johannes waren die Jazzexperten der Gruppe und erzählten ihnen in den Konzertpausen nur zu gern mehr über das Gronauer Jazzfest.

Das Jazzfest Gronau wurde bereits 1989 von vier Gronauern gegründet und fand zunächst in leerstehenden Gebäuden der früheren Textilindustrie der Firma van Delden statt. Schon damals war es gelungen, namhafte Künstler wie Lillian Boutte, die Dutch Swing College Band, Mr. Acker Bilk und Chris Barber für das Festival zu gewinnen. Herzliche persönliche Kontakte und eine große Anzahl von ehrenamtlichen Helfern bewegen manchmal mehr als große Etats mit seelenlosen Veranstaltungshallen. Das war damals eine riesige organisatorische Leistung der

Gründerväter des Festivals. Es war nicht einfach gewesen, die Jazzwelt von den Vorzügen Gronaus zu überzeugen. Ein ganz besonderes Alleinstellungsmerkmal des Gronauer Jazzfest war auch das herausragende künstlerische Veranstaltungsplakat. Inzwischen haben die Plakate des Künstlers Andre Liebscher Kultstatus und sind zu einem Aushängeschild des Festivals geworden. Das Markenzeichen wird insbesondere auch von der regionalen Presse in den Westfälischen Nachrichten als Medienpartner stark unterstützt.

Beim Festival gibt es alle Jazz -Stilrichtungen, im letzten Jahr war die WDR Bigband mit ihrer Swingmusik besonders hervorgetreten. Neben den Bands auf den Freiluftbühnen und in den Kneipen der Innenstadt traten in jedem Jahr die namhaftesten Künstler in der größeren Bürgerhalle auf.

Die größten Highlights dieser Woche waren dabei Gregory Porter mit seiner smarten Stimme und dem äußeren Markenzeichen einer schwarzen Haarmütze und am letzten Festivaltag der Auftritt von Klaus Doldinger zusammen mit Special Guests. Klaus Doldinger war in Gronau bereits mehrfach aufgetreten. Unvergessen ist vor Ort auch dessen

Zusammenspiel mit Udo Lindenberg vor langen Jahren, den er damals als Schlagzeuger in seiner Band engagiert hatte.

Sein bekanntestes Stück ist wohl weiterhin die Tatorterkennungsmelodie. Erst kürzlich hatte er zum Spaß eine kleine Nebenrolle als Straßenmusikant im Kölner Tatort angenommen und dort die Tatortmelodie mit seinem Saxophon improvisiert.

Toms Jazzkenntnisse rührten ein wenig daher, dass er mit ihrem Vater Günter ab und zu in dessen Geburtsort Marienfeld war und sie bei dieser Gelegenheit auch den dortigen Farmhouse Jazzclub besucht hatten. Dieser Jazzclub lag ganz weit außerhalb des Ortes, so dass keine Lärmbelästigung für irgendjemanden eine Rolle spielen konnte. Außerdem konnte man die Außenanlagen des Clubs insbesondere zu den Feierlichkeiten am 1. Mai nutzen für Freiluftkonzerte mit dem ganz besonderen Flair. Dabei hatte Tom auch Günters Jugendfreund August kennengelernt. Der war Gründungsmitglied des Clubs und spielte in der Farmhouse Jazzband trotz seiner durch eine Polioerkrankung bedingten körperlichen Behinderung wundervoll am Klavier. Er hatte in jungen Jahren auch einmal versucht,

Günter das Akkordeonspielen beizubringen, das war aber an dessen musikalischen Fähigkeiten und Zeitproblemen gescheitert. Er wusste inzwischen aber auch, dass es eine holländische Band mit dem Namen Farmhouse Jazzband aktuell noch gibt und diese in Deutschland auf Tourneen geht.

Für die Stadt Gronau hat das Jazzfest eine nicht zu unterschätzende große Marketingbedeutung. Immerhin strömen zum Jazzfest etwa 14-18.000 Besucher, davon sind zwei Drittel auswärtige und zum Teil internationale Gäste. Leider sind inzwischen so bekannte Größen wie Paul Kuhn und Al Jarreau verstorben, bleiben aber den Jazzfreunden mit ihren früheren Auftritten in bester Erinnerung.

In der Zwischenzeit hatte die Haarlem Dixieland Band in den Räumlichkeiten der Wunne-Bar den Instrumentenaufbau beendet. Nach 20 Uhr würde es jetzt abwechselnd Livemusik innerhalb der Wunne-Bar und dann wieder auf dem freien Platz davor geben. Wegen des großen Publikumsandrangs war das komplette Mobiliar aus dem Restaurantbereich weggetragen worden und es gab ausschließlich Stehplätze. Das war aber für die Stimmung in der Bar sehr zuträglich. Terry und Lou wünschten der Münsteraner Reisegruppe viel Vergnügen, vielleicht gab es ja im Laufe des Abends noch ein weiteres Treffen. Klaus würde auf jeden Fall in ihrer Wohnung in der Veilchenstraße auf sie warten und erst morgen nach Münster zurückfahren, die anderen wollten den Sonderzug um 1:30 Uhr erreichen.

Terry und Lou drängten sich durch die jetzt in die Bar strömenden Zuschauer hindurch und gingen zum Tresen. Dort war Lola voll in ihrem Element und blühte angesichts des vollen Hauses auf. In knappen Worten tauschten sie sich aus. Weder bei Lola , ihren Gästen, den Musikern noch bei den beiden Mitgliedern des GPT war bisher jedoch irgendeine besondere Auffälligkeit bemerkt worden.

Kapitel 8

Den ganzen Freitagnachmittag hatte die GPT-Zentrale die Vorgehensweise der Polizei sowohl auf der niederländischen Seite wie auch auf der deutschen Seite der Grenze koordiniert. Insbesondere auf den Haupteinfallsstraßen, der A30 von Amsterdam Richtung Hannover sowie der B 54 von Enschede nach Münster und auch an den Nebenstrecken nach Gronau oder von Haaksbergen nach Alstätte waren sowohl uniformierte Polizisten wie auch zivile Einsatzkräfte weiterhin im Dienst. In den Fernzügen Amsterdam-Berlin und den Regionalbahnen von Enschede nach Münster wurde fleißig kontrolliert. Im Hintergrund standen auch Kollegen der Drogenfahndung mit ihren Spürhunden zur Verfügung. Wegen der Zunahme von Geldwäschedelikten waren die Hunde inzwischen auch auf die Wahrnehmung von versteckten Geldbeträgen dressiert. Die Kolleginnen und Kollegen hatten ebenfalls die Information bekommen, sich insbesondere um Fahrzeuge von Musikern, Festivalbesuchern oder jungen Besuchern des Karpatenfestes zu kümmern, speziell auch im Hinblick auf mögliche Drogendelikte. Trotz aller Bemühungen war am späten Nachmittag bisher lediglich ein Fall an der B 54 mit einem kleineren Drogendelikt aufgefallen. Zur weiteren Feststellung der Personalien waren die Betroffenen zum Polizeiposten nach Gronau gebracht worden. Mit der eigentlichen Suche nach einer „größeren Lieferung" hatte das aber bisher alles noch nichts zu tun.

Kapitel 9

Roy fühlte sich sehr wohl im Kreise seiner Clique im Partyraum des Bauernhofes. Inzwischen hatte sich der Kreis erweitert und Denise, Rebecca und Marco waren noch zu ihnen gestoßen. Er saß zusammen mit Veras jüngerem Bruder Bernd, mit dem er zusammen in der Jugendabteilung des FC Twente Enschede in einer Mannschaft spielte. Um dort aufgenommen zu werden, musste man schon sehr gute balltechnische Fähigkeiten haben, gepaart mit Kämpferherz und Ehrgeiz. Heute sollte aber der Sport einmal nicht an erster Stelle stehen und sie wollten sich einfach nur vergnügen. Die anderen in ihrer Gruppe waren allesamt zwischen 23 und 26 Jahre alt und kannten sich noch aus Zeiten des Gymnasiums in Ahaus oder aus der Bauerschaft. Ganz nebenbei hatte er schon einmal ein paar Blicke zur hübschen Jenny hinübergeworfen und meinte, von dort auch kleine Erwiderungen erkannt zu haben. Vielleicht waren das aber auch nur seine Wünsche. Die älteren Mitglieder aus ihrer Clique trafen sich gerne traditionell einmal jährlich zu Karpaten auf Veras Bauernhof. Sie waren jetzt teilweise in alle Winde zerstreut, manche an ihren Studienorten oder aber in den unterschiedlichsten

Städten, je nachdem wo sie der Stellenmarkt nach Abschluss ihrer Ausbildungen hin verschlagen hatte. Vera selbst berichtete stolz, dass sie nach ihrer Friseurausbildung bei Udo Waltz in Berlin inzwischen bei einem Promifriseur in den Münsteraner Arkaden eine Teilzeitstelle gefunden hatte und bereits nebenbei die Ausbildung zur Friseurmeisterin in Angriff genommen hatte. Bastian stand kurz vor dem Bachelorabschluss an der Fachhochschule in Steinfurt, Rebecca war als Bankkauffrau nach Frankfurt gegangen und Denise stand ebenfalls vor dem Bachelorabschluss im Fach Soziale Arbeit in Enschede. Über Jenny hatte er herausgefunden, dass sie als Erzieherin in einem Kindergarten in Alstätte arbeitete und somit auch vor Ort geblieben war, das fand er gut.

Sie hatten sich in der Zwischenzeit über alle möglichen Themen unterhalten, die Jungs mehr über Fußball, die Mädchen mehr über Mode, Klatsch und Musik. Nebenbei zeigten sie sich immer wieder begeistert über die neuesten Snapchats und zeigten sich aktuelle Fotos auf ihren Handys. Die Kiste Bier wurde nach und nach leichter und parallel wurde die Stimmung schon ausgelassener und lauter.

„So, ich glaube es ist langsam Zeit, dass wir den Bollerwagen startklar machen und unseren Maigang beginnen!" gab Vera das Zeichen zum Aufbruch.

Der jährlichen Tradition folgend wollten sie wieder zu Fuß in Richtung Karpaten aufbrechen. Den Bollerwagen hatten sie bereits vorher mit frischem Grün schön geschmückt, trugen ihre Bierkiste zum Gefährt und konnten dort auch gut ihre Jacken ablegen. Vom Hof war es nur etwa einen Kilometer weit entfernt über einen landwirtschaftlichen Weg. Sie machten sich gut gelaunt auf die kurze Strecke. Unterwegs hatten sie wenig Sinn für die umgebende Natur, sondern plauderten, kicherten über ihre Witze und unterhielten sich mit dem einen oder anderen ganz wie es gerade beliebte. Roy hatte zwischendurch versucht, ob er nicht mit Jenny etwas ins Gespräch kommen könnte, die war jedoch ganz vertieft in ein Gespräch mit Rebecca. Er beschloss innerlich, dass er sich seine Kontaktaufnahme vielleicht für ein späteres Tänzchen aufheben wollte.

Da die Veranstaltung offiziell bereits um 20:00 Uhr begonnen hatte, konnten sie schon von Weitem das Wummern der Bässe hören, bevor sie dann auch die Festzeltbeleuchtung erkannten. Auf der

Landstraße war gut erkennbar, wie es sich an den Zufahrten und auf den Parkplätzen füllte und auch die Zubringerbusse am eigens eingerichteten Busparkplatz junge Besucher zum Fest brachten. Wie in jedem Jahr würden sie ihren Bollerwagen wieder hinter der Karpatengaststätte abstellen können. Sie nahmen sich ihre Jacken und ihre bereits online vorbestellten Tickets, ließen sich von den Ordnern am Eingang abtasten, um sich danach in die Schlange an der Garderobe einzureihen. In der Gruppe konnte man bereits eine freudige Erregung feststellen durch die lautstarke Musik und auch die bereits eingetretene Wirkung des Alkohols. Sie erwarteten einen schönen Abend und eine hoffentlich aufregende Nacht.

Kapitel 10

In einer der VIP-Suiten des Karpaten-Körper & Kunst-Resorts ging es hoch her. Ganz offensichtlich war der Stargast des Karpatenfestes, Poldi C., schwer angetrunken und unterhielt sich lautstark mit seinem Manager.

Rob Ronaldo hatte erneut Schwierigkeiten, seinen äußerst sensiblen und zu Depressionen neigenden Künstler zu beruhigen und wieder in die Spur zu bringen. In Kürze müssten sie aufbrechen zum Fest und sich dort im Backstagebereich auf den Auftritt vorbereiten. Wenn Poldi C. auf die Bühne treten würde, sollte die Stimmung durch die Vorgruppen und den angestiegenen Alkoholkonsum bereits kurz vor dem Höhepunkt sein.

„Jetzt stell die Whiskyflasche aber mal in die Ecke, mach dich frisch und trink noch einmal einen starken Kaffee."

„Ich schaffe das heute nicht, das Publikum erwartet doch weit mehr von mir als wieder die alten Lieder vorgetragen zu bekommen und die Refrains mit zu singen. Bestimmt sind die Künstlerkollegen vor mir schon so gut, dass für mich kein Beifall mehr abfällt.

Wir sollten besser unter einem Vorwand den Auftritt absagen."

„Das kommt überhaupt nicht infrage. Du hast dich doch in den letzten Wochen wieder regeneriert und kannst heute allen zeigen, dass du nach deinem Comeback wieder ganz der Alte bist. Außerdem können wir uns eine bei einer Absage drohende Konventionalstrafe überhaupt nicht leisten. Heute sollst du doch neben deinen großen Hits auch deinen neuen Titel „Du bist zu schön um wahr zu sein" vorstellen und vor großem Publikum testen, wie dieser neue Song ankommt."

„Gut, ich gehe kurz noch einmal die beiden wichtigsten Songs durch."

Bei jedem Konzert konnte er eine Halle zum Tosen bringen, wenn er zu fortgeschrittener Stunde seine Coverversion zum Lied „Kreuzberger Nächte" von den Gebrüdern Blattschuss zum Besten gab. Er hatte den Song umgeschrieben und schmetterte jetzt:

„Kreuzfahrer Nächte sind lang,

erst fang`n se janz langsam an,

aber dann, aber dann …

In den letzten Jahren war das Thema Kreuzfahrten ja in aller Munde. Viele Konzertbesucher kannten noch den alten Gassenhauer aus dem Kreuzberger Kiez von den Gebrüdern Blattschuss. Außerdem war es ein typischer Song, bei dem das Publikum sofort mitsang und er sie auf seine Seite ziehen konnte.

Der zweite und wichtigste Song seines Repertoires war zu seinem Markenzeichen geworden. Er konnte keine Veranstaltung beenden, ohne zum Schluss seinen Megahit anzustimmen:

Mach dich mal locker

ganz locker vom Hocker

komm lass uns schön schmusen

am liebsten an deiner ... Schulter!

Komm tanz` mit mir bis in den Morgen

dann vertreiben wir alle Sorgen

diese Nacht gehört nur dir

versuch es mal mit mir!

Diesen Song konnte er wirklich zu jeder Tages- und Nachtzeit auswendig daher singen. Er hing ihm zwar inzwischen zum Halse heraus, auf der anderen Seite lebte er wie auch sein Manager und die ebenfalls anwesenden Security- Mitarbeiter immer noch gut von diesem Riesenhit.

Poldi C. hatte seinen Manager Rob Ronaldo ein wenig beruhigen können, tatsächlich einen starken Kaffee getrunken und verabschiedete sich für einen kurzen Moment, um sich im Bad frisch für den Auftritt zu machen. Allerdings hatte er bereits vorher unbemerkt eine Whiskyflasche im Abfalleimer des Bades deponiert.

In der VIP-Suite sprach Rob Ronaldo dann mit seinem Fachpersonal für Sicherheitsdienste, den Brüdern Vitali und Vladimir Lawrow und wies sie in die weitere Vorgehensweise ein. Plan A sah den üblichen Transport, die Sicherung der Wege im Backstagebereich und vor der dortigen Garderobentür vor und dann auch die Unterstützung bei der Abwehr von übermütigen Fans unmittelbar vor der Bühne. Dort würden die Security -Mitarbeiter des Karpatenfestes unter Leitung von Herrn Obermeier das Sagen haben, aber der direkte Personenschutz oblag den beiden Lawrows.

„Sollte Plan A nicht funktionieren müssen wir heute Abend einen großen Knaller inszenieren. Es wird Zeit, dass wir einmal wieder eine große Schlagzeile für die Presse produzieren und unser neues Lied:

„Du bist zu schön um wahr zu sein"

richtig bekannt wird. Die Einzelheiten verrate ich euch beiden aber erst im Falle einer drohenden Absage des Auftritts."

Im Bad hatte Poldi C. in der Zwischenzeit weiter mit sich selbst gehadert und sich als Seelentröster der Whiskyflasche zugewandt. Er hatte sich wohl schon etwas zu lang dort aufgehalten und es klopfte an der Tür.

„Poldi, es wird Zeit für dich. Wir müssen gleich zum Festzelt fahren und uns dort weiter vorbereiten."

„O.k., ich komme. Ich bin bereit." Nachdem er die Badtür geöffnet hatte schlug er lang hin, lallte ein paar Worte und war ganz offenbar volltrunken.

Vladimir und Vitali kümmerten sich um ihn und legten ihn zunächst einfach auf die Couch.

Rob Ronaldo überlegte mit versteinerter Miene und verriet seinen Security- Mitarbeitern Plan B.

„Wir schnappen uns gleich Poldi C., verstauen ihn in unserem SUV und fahren dann gemeinsam zum Fest. Dort stützen wir ihn bis zu seiner Künstlergarderobe und ich versuche, alle anderen Beteiligten von ihm fernzuhalten. Um der drohenden Vertragsstrafe zu entgehen und insbesondere auch für große Schlagzeilen in allen Blättern zu sorgen möchte ich dann mit euch gemeinsam eine Entführung von Poldi C. vortäuschen. So können wir uns die Strafzahlung sparen und haben Publicity für unsere nächsten Pläne."

Rob erläuterte den beiden die konkreten Pläne und sie versuchten gemeinsam, Poldi C. wenigstens soweit transportfähig zu bekommen, dass dieser ein wenig mithelfen könnte, um zumindest beim Eintreffen des Künstlers am VIP-Eingang einen glaubwürdigen Eindruck zu hinterlassen.

Kapitel 11

Terry und Lou nahmen das Umfeld der Wunne-Bar noch einmal genauer in Augenschein. Die Haarlem-Dixieland-Band spielte die bekannten Stücke und man merkte ihnen an, dass sie gut aufeinander eingespielt waren und echte Freude am Jazz hatten. Diese Freude übertrug sich auch auf das Publikum, welches nicht mit Beifall an den richtigen Stellen geizte. Insbesondere nach den Soli der einzelnen Musiker gab es immer wieder auch zwischendurch Zusatzapplaus.

Lola nahm Terry kurz an die Seite: „Mir ist aufgefallen, dass sich der Bassist der Gruppe immer wieder durch unsere Küche hindurch in den Hinterhof begibt. Mag ja sein, dass er zwischendurch eine Zigarette rauchen will aber er macht auch sonst auf mich einen ziemlich nervösen Eindruck. Schaut euch doch mal die Situation auf dem Hinterhof mit dem Parkplatz etwas genauer an."

Gesagt, getan. Die beiden Kommissare nahmen auch den Weg durch die Küche und warfen durch das Fenster einen Blick auf den Hinterhof. Neben anderen Fahrzeugen war der Tourneebus der Band mit auffälligem Schriftzug und zusätzlichem Anhänger gut erkennbar. Neben dem VW-Transporter ging ein dunkel gekleideter Mann auf und ab. Das konnte aber nicht der nervöse Bassist der Band sein, da diese gerade ihr Musikprogramm darbot.

„Komm, wir gehen einfach einmal um die Wunne-Bar herum und schauen uns die Situation im Hinterhof von dort an."

Nach wenigen Schritten durch die Neustraße bogen sie ab und blickten jetzt von der anderen Seite auf den recht dunklen Hinterhof. Es bot sich weiterhin das Bild des parkenden Transporters mit Anhänger und dem unruhig umhergehenden Mann. Gleichzeitig nahmen sie wahr, dass sie selbst wiederum offenbar auch von einem anderen Mann beobachtet wurden, der nach Blickkontakt schnell in der Menschenmenge der Neustraße verschwand.

Das war alles etwas merkwürdig, bot aber andererseits keinen Grund zum Eingreifen. Terry reagierte als erste und nahm per Handy Kontakt zur GPT -Zentrale auf. Sie gab das holländische Kennzeichen des VW-Transporters durch und bat um eine Halterabfrage. Die Kollegen in der Zentrale konnten auch unmittelbar weiterhelfen und gaben ihnen den Namen Ion Theodorescu aus Haarlem bei Amsterdam als Halter des Wagens durch.

„Das ist doch bestimmt kein Zufall, dass ich heute schon das zweite Mal nach dem Halter dieses Wagens gefragt werde. Der Wagen ist von einem anderen GPT-Team bereits bei der Anfahrt nach Gronau auf einem Parkplatz an der Autobahn kontrolliert worden. Wegen der Angabe unklare Lieferung und Musik hatten die Kollegen das Auto bereits genau inspiziert und auch einen Drogenhund eingesetzt. Der hatte aber nicht angeschlagen und der Band wurde die Weiterfahrt freigegeben."

„Vielen Dank für euren guten Job, wir werden hier die Situation genau weiter beobachten, irgendetwas stimmt definitiv nicht."

Einen Moment lang überlegten sie noch gemeinsam, ob sie den Mann am Transporter ansprechen sollten. Sie entschieden sich aber dafür, besser weiter auf Beobachtungsposten zu bleiben. Sie wussten ja bereits, dass der Wagen offenbar weder für Drogen noch für Geldwäsche-Kurierdienste in Anspruch genommen worden war.

Das Diensthandy klingelte erneut. Es war die Zentrale. Von dort erhielten sie einen Hinweis, dass zwar der Halter des Fahrzeuges, Ion Theodorescu, in der Polizeidatei ein unbeschriebenes Blatt sei. Unter der gleichen Adresse in Haarlem sei aber ein Bruder des Bassisten gemeldet, der seit Jahren bei der Polizei wegen Einbruchsdiebstahl aktenkundig sei.

Sie nahmen diese Informationen erst einmal zur Kenntnis und hatten das Gefühl, Stück für Stück Teile eines großen Puzzles in die Hände zu bekommen.

Kapitel 12

Nach den obligatorischen Einlasskontrollen fanden sich die Freunde an der Garderobe schnell wieder. Trotz der etwas nervigen Warterei in der Schlange war die Stimmung gut und gelöst und alle waren guter Dinge. Ihre Tickets hatten sie bereits allesamt online erworben und schauten sich zunächst einmal zur Orientierung um. Sie wurden bereits erwartet von dröhnenden Bässen im wmwradio-Zelt, wo zwei DJs abwechselnd um die Gunst ihres Publikums buhlten. Hier wurde schon richtig angeheizt und gute Stimmung verbreitet.

Die DJs machten Werbung für ein Gewinnspiel, bei dem man einen Besuch im Backstagebereich gewinnen konnte.

„Juhu, entfuhr es Roy, ich habe gewonnen!"

Roy war ganz aus dem Häuschen und konnte sein Glück kaum fassen. Er hatte tatsächlich das große Los aus dem Topf gezogen, was ihm einen Backstagebesuch für zwei Personen sicherte. Die Freunde waren sich sofort einig, dass als Begleitung natürlich nur Vera infrage käme. Immerhin war sie sehr gastfreundlich zu ihnen gewesen und jetzt konnten sie sich ein wenig bei ihr bedanken. Auch Vera strahlte und freute sich offensichtlich sehr über diese Überraschung. Dabei hatte sie aber wohl weniger das Kennenlernen des Stargastes Poldi C. im Kopf als vielmehr die jüngeren Bandmitglieder einer Showband aus Berlin. In einer kleinen Pause gaben ihnen die DJs Hinweise, wo sie sich zu einem späteren Zeitpunkt melden sollten, um durch den Backstagebereich geführt zu werden. Das war ja schon mal ein richtiger Knaller zu Beginn des Karpatenfestes. Sie gingen direkt am Zelt für die gastronomischen Genüsse vorbei, dort würden sie vermutlich zu einem späteren Zeitpunkt noch einmal eine Stärkung einnehmen. Die Nacht war ja noch lang und bekanntlich ist der Alkoholgenuss auch Appetit anregend, schon jetzt roch es deftig nach Currywurst und Pommes.

Im etwas ruhigeren und beschaulichen Bereich der Wunderbar war aktuell noch nicht viel los, die meisten Zuschauer zog es doch mehr in das Hauptzelt, wo dann auch die Live-Auftritte der Bands begannen. Roy behielt weiterhin Jenny immer mal wieder im Blick und sie erkundeten gemeinsam die neu ins Programm genommene Strandbar. Mit sicherlich hohen Aufwand hatten die Veranstalter hier jede Menge Sand angefahren und einen kleinen Strand kreiert. Es lief recht entspannende Musik mit zahlreichen Sommerhits und auch Reggaemusik fehlte nicht. Wie auf einem Kreuzfahrtschiff hatte man eine regelrechte Schiffsbar entworfen, an der sich ganz offensichtlich schon einige Gäste sehr wohl fühlten und einen Stammplatz gesichert hatten. Die Strandbar ähnelte Vorbildern in manchen Großstädten wie Berlin, Köln und Düsseldorf, wo sich auch an Flüssen oder Seen einige Strandbars entwickelt hatten und guten Zuspruch bei ihren Gästen fanden. Hier konnte man wirklich relaxen und sich bei einem netten Cocktail über die schönen Dinge des Lebens austauschen und amüsieren. Die Gruppe zog weiter in Richtung Grolsch-Zelt. Dort war die große Bühne aufgebaut mit den Top-Acts des Abends. Wie an allen Veranstaltungstagen war Karpaten auch heute wieder ausverkauft und es hatten schon viele Gäste an den langen Bierzeltgarnituren Platz genommen. Vor der Bühne hatten sich schon zahlreiche Gäste die besten Plätze auf der eigentlichen Tanzfläche gesichert und wollten ihren Idolen bei den Auftritten ganz nahe sein. Sie nahmen als Gruppe an einem gemeinsamen Tisch Platz und kümmerten sich erst einmal darum, den Alkoholpegel nicht zu sehr absinken zu lassen und neue Getränke zu ordern. Die Freunde tranken zumeist Bier, bei den Freundinnen war wie schon in den Vorjahren Wodka-O der Renner.

Ohne, dass es einer großen Absprache bedurfte, setzte sich plötzlich eine Gruppe der Freundinnen ab und sie gingen in Richtung der Toiletten, nur unterbrochen von umherschweifenden Blicken. Die Freundinnen hatten mit der Zeit ein kleines Ritual entwickelt, Vera nannte das TTT, was für Toilette, Tresen und Tanzen stand.

Das war ihre übliche Reihenfolge, wie sie in die Nacht starten wollten. Alles andere würde sich ergeben. Etwas kokett fügte Vera gerne noch hinzu: „Dann lasst uns mal heute wieder unseren Marktwert testen!"

In gehobener Stimmung und bei mitreißender Musik kehrten die Freundinnen mit ihrem Wodka-O. in Richtung ihres Tisches zurück. Inzwischen wurde auch schon eifrig das Tanzbein geschwungen und bei größerer Lautstärke waren die Unterhaltungen im Hauptzelt kaum noch möglich. Sie ließen sich allesamt etwas treiben von dem munteren Geschehen. Roy nahm seinen Mut zusammen und forderte Jenny zum Tanz auf. Sie sagte sofort zu und gab ihm durch intensiveren

Blickkontakt zu verstehen, dass sie auch ihm offenkundig Aufmerksamkeit schenkte. Er war ja kein geübter Tänzer, aber es fiel ihm leicht, mit Jenny einen gemeinsamen Rhythmus zu finden.

Beim Tanzen wusste er schnell, dass dies wohl ein gelungener Abend werden könnte.

Nach einer Tanzserie gingen sie beschwingt gemeinsam zurück zu ihrem Tisch. Vera sprach Roy an, es sei wohl an der Zeit, sich für den Backstagebesuch bereit zu machen und mal hinter die Kulissen des Festes zu schauen.

Sie waren beide sehr gespannt, wen sie dort treffen würden, und wie sich die Künstler verhalten, wenn sie kurz vor dem Auftritt stehen und Lampenfieber haben.

Kapitel 13

Rob Ronaldo und die Lawrow- Brüder hatten sich Poldi C. geschnappt und ihn zunächst einmal in ihren SUV gestopft. Eine Jacke mit hochgeschlagenem Kragen, ein Hut und eine große dunkle Sonnenbrille sollten zunächst einmal die tatsächliche Situation verschleiern. Das war ja nicht unüblich bei bekannten Persönlichkeiten, dass sie sich durch äußere Verkleidung in der Öffentlichkeit schützen mussten, es würde somit nicht weiter auffallen. Sie müssten am VIP- Hintereingang nur ganz schnell in die Garderobe gelangen. Mit solchen Situationen kannten sie sich auch genügend aus und waren durchaus optimistisch, ihren Bluff umsetzen zu können. Sie fuhren mit ihrem Großraumwagen vor, Rob Ronaldo sorgte zunächst einmal für einen unproblematischen Einlass und als der Weg frei war nahmen die Lawrow- Brüder Poldi C. in ihre Mitte, stützten ihn, und es ging schnurstracks in die reservierte Garderobe.

Vladimir wurde vor die Tür postiert und hatte die strenge Order, niemanden hereinzulassen. Der Manager selbst und Vitali kümmerten sich in der

Garderobe um den Künstler. Poldi C. allerdings war weiterhin volltrunken und definitiv nicht in der Lage, seine Songs auf einer großen Bühne darzubieten und zu singen und zu tanzen.

Vera und Roy wurden wie verabredet von einer Marketingmanagerin an einem Seiteneingang zum Backstage-Bereich abgeholt. Gemeinsam mit ihnen hatten zwei weitere Pärchen beim Gewinnspiel gewonnen, sie durften gemeinsam im Bereich hinter der Bühne die Räumlichkeiten betreten. Dort sah man ein großes Durcheinander, alles wirkte etwas hysterisch, angespannt und nervös. Das hatten sie aber auch genauso erwartet. Die Managerin eröffnete ihnen dann, dass sie die Möglichkeit hätten, die Jungs der Berliner Band kurz kennen zu lernen. Das war ja für Vera ein echter Volltreffer!

„Das ist ja super toll" raunte sie Roy zu und wurde ganz unruhig. In der Garderobe der jungen Musiker aus Berlin stellten sie sich einander vor. Ganz zielsicher ging Vera auf Bryan, den Frontsänger der Band, zu und hatte Roy schon instruiert, sofort ein Foto mit ihr und dem Sänger zu machen und wenn möglich ein kleines Video zu drehen, damit sie später eine Erinnerung an diesen Abend behalten würde.

Parallel hatte Rob Ronaldo einen klaren Entschluss gefasst. Plan B müsste jetzt greifen, die vorgetäuschte Entführung war jetzt die einzige Möglichkeit noch die drohende Vertragsstrafe umgehen zu können und gleichzeitig für eine Riesenstory in den sozialen Netzwerken und in der Presse sorgen zu können. Sie hatten ihr eigenes Fahrzeug bereits strategisch am hinteren Bühneneingang platziert und würden Poldi C. unterhaken und zum Auto zurückbringen.

Er rief die Lawrow-Brüder in die Garderobe und machte sich startklar für die Entführung. In diesem Moment kam die Gruppe mit den sechs Lotteriegewinnern und der Marketingmanagerin auf den Flur vor Poldi C.`s Garderobe. Dieser wurde gerade von einem der Lawrow- Brüdern fest gepackt, er war ziemlich vermummt durch seine besonderen Utensilien. Trotz seiner Volltrunkenheit hatte Poldi C. aber wohl etwas bemerkt, gestikulierte laut auf dem Flur und rief um Hilfe, als er hart angefasst und zum Ausgang bugsiert wurde. Geistesgegenwärtig riss Roy seine Handykamera hoch und machte zunächst ein Foto und dann auch ein kleines Video von der Situation. Innerhalb von wenigen Sekunden waren die vier Männer allerdings durch den Hinterausgang verschwunden, sie hörten ein heftiges Zuschlagen der Autotüren und einen aufheulenden Motor sowie durchdrehende Reifen. Die Marketingmanagerin hatte ebenfalls geistesgegenwärtig bereits Herrn Obermeier als Chef der Karpaten- Security kontaktiert, der wiederum seine Mitarbeiter alarmiert. Allerdings konnten diese den davonbrausenden Wagen nicht mehr aufhalten. Die Manager des Veranstalters waren natürlich total konsterniert, dass ihr Stargast jetzt gegen seinen Willen davonfuhr und so offenkundig ihr gesamtes Veranstaltungsprogramm im ausverkauften Zelt durcheinanderwirbeln würde.

Roy hatte schnell geschaltet und nach Realisierung der Situation sofort seinen Vater angerufen und ihm die Bilder übermittelt. Lou van Reef riet Roy, an Ort und Stelle zu bleiben und nichts weiter zu unternehmen. Alle weiteren Schritte sollte er ihm überlassen und seine Aufnahmen vor Ort auch Herrn Obermeier zeigen. Lou van Reef leitete von seinem aktuellen Standort in Gronau aus eine Fahndung nach dem flüchtigen Wagen ein, schnappte sich Terry und sie schwangen sich in ihren Wagen, um mit hoher Geschwindigkeit und Blaulicht in Richtung Karpaten zu fahren.

Die GPT-Zentrale gab Anweisungen an alle diensthabenden Polizisten in der Euregio, insbesondere sollten Straßensperren eine Flucht über die Grenze in die Niederlande verhindern.

Ein besonderes Augenmerk legte man bei der Polizei auf die Hauptausfahrtstraßen von Alstätte in Richtung Gronau zur B 54 und zur holländischen Grenze in Richtung Enschede. Das Fahrzeug war ja bekannt und sie vermuteten, dass die Täter möglicherweise auch in Richtung des KKK-Resorts flüchteten. Tatsächlich erreichte sie dann schon unterwegs eine Nachricht, dass ein schwarzer SUV mit hoher Geschwindigkeit auf der Straße Alstätte-Gronau gesichtet worden wäre.

Ein Streifenwagen hatte sich mit allerdings deutlichem Abstand dem Fluchtfahrzeug an die Fersen geheftet. Über Polizeifunk erhielten sie dann die Information, dass das Fahrzeug mit dem entführten Musiker in Richtung des Grenzübergangs Knallhütte unterwegs sei. Kurz hinter der Grenze auf niederländischer Seite wollten die Kollegen dann eine Straßensperre aufbauen.

Im Fluchtfahrzeug selbst ging es hoch her. Poldi C. begann zu randalieren und hatte wohl gespürt, dass ihm übel mitgespielt würde. Außerdem ängstigte er sich, weil sich das Auto mit Höchstgeschwindigkeit weg von seinem Auftrittsort bewegte. Rob Ronaldo und die Lawrow- Brüder waren sich jetzt nicht mehr so sicher, ob die vorgetäuschte Entführung wirklich so eine grandiose Idee gewesen sei.

Sie wollten erst einmal die Grenze überwinden und hofften, damit einfach Zeit zu gewinnen und auch große Aufmerksamkeit in den Online- Medien erzeugen zu können.

Vitali meldete sich als Fahrer und rief seinen Begleitern zu: „Wir werden verfolgt, ich kann Blaulichter hinter mir erkennen!" „Dann gib Gas und sieh zu, dass wir über die Grenze kommen."

Jetzt konnten sie auch schon die Hinweisschilder auf die Grenze erkennen und wussten, dass sie bei „Knallhütte" auf holländischem Gebiet und an der Peripherie von Enschede angekommen waren. Vitali meldete sich erneut: „Da vor uns ist eine Straßensperre, hinter uns sind ebenfalls Polizeifahrzeuge." Er reduzierte die Geschwindigkeit und suchte nach einem Ausweg. Den hatte er dann auch vermeintlich entdeckt. Rechts neben der Fahrbahn lag ein Parkplatz der angrenzenden Tankstelle. Über diesen Parkplatz fuhr er dann mit hoher Geschwindigkeit und mit großen Risiko an der Polizeisperre vorbei weiter in Richtung Enschede.

Als er am Ende der Tankstellenausfahrt wieder auf die Hauptstraße einbiegen wollte gab es allerdings einen Knall und das Auto schleuderte hin und her und war nicht mehr steuerbar. Im Nu waren die Fahrzeuginsassen von den Polizisten der Streifenwagen umringt und wurden aufgefordert, ganz langsam und mit erhobenen Händen aus dem Auto zu steigen. Poldi C. reagierte auf keine Anweisungen, er war beim Schleudern des Fahrzeugs durchgeschüttelt worden und war desorientiert.

Die Streifenpolizisten hatten an die Tankstellenausfahrt eine Nagelkette platziert und damit eine Reifenpanne des Fluchtfahrzeugs provoziert. Unmittelbar nach der erfolgreichen Polizeiaktion trafen dann auch Lou van Reef und Terry Westhues in Knallhütte an der Tankstelle ein.

Sie nahmen Rob Ronaldo fest und wollten sich im nächsten Schritt auch mit Vitali und Wladimir Lawrow befassen. Allerdings versuchten die beiden in diesem Moment erneut zu flüchten und sich ein

Polizeifahrzeug zu schnappen. Da hatten sie aber wohl nicht mit den Fähigkeiten der beiden Kommissare gerechnet. Terry hatte keine Angst vor den beiden Muskelprotzen und konnte sich auf ihre Kampfkunstkenntnisse vom Tai-Chi seit jeher bestens verlassen. Auch Lou hatte ja zur Vorbereitung seiner früheren Auslandseinsätze eine Spezialausbildung erhalten und setzte Vitali schachmatt. Nach einem Schlagabtausch mit Fußschwinger erwischte Terry Vladimir an einem besonders schmerzhaften Punkt am Unterleib und er gab klein bei. Die Handschellen klickten und die drei Täter wurden in Polizeigewahrsam zur Einsatzzentrale nach Enschede verbracht. Für Poldi C. riefen sie einen Krankenwagen. Er musste zunächst ärztlich versorgt und anschließend möglichst für eine längere Zeit in einer diskreten Suchtklinik behandelt werden.

Eigentlich hatten Terry und Lou jetzt schon genug Aufregung gehabt. Sie nahmen aber Kontakt zu ihrer Zentrale auf und baten darum, dass sich die Kollegen in Enschede zunächst weiter um den Manager Rob Ronaldo und die beiden Lawrow-Brüder kümmern sollten. Sie selbst waren ja immer noch nicht zum Kern des eigentlichen Verbrechens vorgedrungen.

Kapitel 14

Die Münsteraner ließen sich bei guter Laune von einer Veranstaltung zur nächsten durch das Festival treiben. Einen etwas längeren Halt hatten sie in der Traditionsgaststätte Determann gemacht und dort der Livemusik gelauscht. Die schwungvollen Darbietungen wurden immer wieder durch Szenenapplaus nach verschiedenen Soli der Künstler unterbrochen. Es war den Musikern deutlich anzumerken, dass sie sich auf diesem Festival vor zahlreichem und fachkundigem Publikum sehr wohl fühlten und ihr Bestes gaben.

Die Bahnhofstraße hatte sich gut gefüllt und auch auf der Ecke zur Neustraße wippten die Zuschauer im Takt der Jazzmusik vor der Außenbühne. Tom war einige Zeit in ein Gespräch mit einem ehemaligen Studienkollegen aus Steinfurt vertieft. Wegen der Lautstärke war es aber nicht einfach, eine Unterhaltung zu führen. Die Gebäudetechniker unter sich waren wohl schnell beim Thema ihrer aktuellen Projekte und der jeweiligen Arbeitsbedingungen gelandet. Auch Johannes und Julia hatten in der Nähe der Wunne-Bar einen früheren Kommilitonen aus dem

Fachbereich Kunstgeschichte in Münster getroffen. Hanno Holzhey erzählte ihnen, dass er seit einiger Zeit als freier Kunsthändler tätig sei und er würde sich bestimmt demnächst einmal in ihrer Galerie melden. Hanno wirkte im Gespräch etwas unruhig und verabschiedete sich auch ziemlich schnell wieder von ihnen. Man merkte schon, wie klein doch manchmal die Welt war und man selbst bei einem Ausflug nach Gronau Bekannte traf.

Klaus merkte man sichtlich an, dass er durch das plötzliche Verschwinden von Terry und Lou leicht beunruhigt war. Es war ja klar, dass Terry sich heute im Dienst befand, trotzdem war ihm deutlich unwohler, wenn er die dienstlichen Verpflichtungen so wie heute Abend hautnah miterlebte.

Er stand ja unmittelbar neben Terry und Lou, als dessen Sohn anrief und hatte deshalb auch von der Entführung bei Karpaten etwas mitbekommen. Hoffentlich ging alles gut und er würde seine Terry bald wieder in die Arme nehmen können. Auf dem Fest selbst nahm er patrouillierende Streifenbeamte wahr und es war ihm klar, dass wegen des Spezialeinsatzes sicher auch zivile Kräfte in der Nähe der Wunne-Bar platziert waren.

Sie flanierten dann weiter durch die Neustraße in Richtung Antoniuskirche, wo ebenfalls eine größere Außenbühne aufgebaut worden war. Unterwegs hatten sie genügend Gelegenheit, sich an Getränke- und Essensständen weiter um ihr körperliches Wohl kümmern zu können und hörten verschiedenen Bands für eine Weile zu.

Der vertraute SMS -Ton signalisierte Klaus dann eine neue Nachricht von Terry. Sie schrieb ihm, dass ihr Einsatz bei Karpaten und an der deutsch-niederländischen Grenze bei Knallhütte erfolgreich verlaufen war und dass sie jetzt gemeinsam nach Gronau zurückkehren würden.

Nur wenige Minuten später entdeckte er die beiden Kommissare. Sie begrüßten sich ganz kurz, Terry und Lou gingen aber zügig weiter und wollten sich zunächst durch Kontaktaufnahme zu ihren Kollegen vor Ort und durch einen Informationsaustausch bei Lola auf die hiesige Situation wieder neu einstellen. Noch war das Hauptanliegen des Tages, Entdeckung der ominösen Lieferung aus Amsterdam, nicht gelungen.

Der GPT- Kollege berichtete, dass sie weiterhin die Band innerhalb der Wunne-Bar im Auge hätten und dass auch der Tourneebus mit Anhänger weiter observiert würde. Genauso wurde offenbar der Anhänger weiterhin im Hinterhof von einem Mann überwacht und den GPT- Kollegen war ein etwa 40-jähriger Mann aufgefallen, der in unregelmäßigen Abständen immer mal wieder verstohlene Blicke in den Hinterhof warf.

Auf Nachfrage hin konnte ihnen Lola, die total in Action war, auch keine verwertbaren Neuigkeiten mitteilen. Es sei ihr nichts Besonderes aufgefallen bis auf den immer mal wieder verschwindenden Bassisten, der wohl Kettenraucher sei. Das Programm der Band werde auch schon bald wie auch die Außenveranstaltung zu Ende gehen und danach würde es in der Bar einen feucht-fröhlichen Ausklang geben.

Lola hatte mächtig zu tun, blühte aber in dieser Geschäftigkeit mächtig auf. Dabei konnte sie sich bei der Bewirtung der Gäste voll auf Harry verlassen, bei den weiteren heute eingesetzten Hilfskräften mussten sie aber beide immer mal wieder dirigierend eingreifen.

Die Münsteraner Freunde waren jetzt auch in die Wunne-Bar eingetreten und hatten sich einen gemeinsamen Standplatz erobert. Nach dem vermeintlich letzten Stück der holländischen Haarlem Dixieland Band gab es jede Menge Applaus und es folgten noch mehrere Zugaben für das frenetisch jubelnde Publikum. Gut gelaunt mischten sich die Bandmitglieder zunächst mit einem kühlen Bierchen unter das Publikum und genossen den Zauber des Moments. Nur der Bassist sonderte sich etwas ab und begann damit, sein Instrument einzupacken. Es war ja bei ihnen nicht so wie bei großen Rockbands, die von Roadies nach dem Auftritt alles abbauen ließen. Sie mussten schon selbst Hand anlegen und sich um ihre Instrumente persönlich kümmern. Nach dem Abbau galt es, alles sorgfältig in ihrem Bus und dem Anhänger zu verstauen. Sie wollten dann gemeinsam zum KKK- Resort fahren. Dort hatten sie für die Band Zimmer gebucht und würden sich sicherlich noch einmal gemeinsam zusammensetzen, um den schönen Abend ausklingen zu lassen.

Die Münsteraner bereiteten sich auch schon langsam auf ihren Abschied vor und sie wollten gemeinsam den Sonderzug nehmen. Klaus würde zu Fuß zu Terrys Wohnung in die Veilchenstraße gehen und hoffen, dass Terry dann auch bald ein Ende des Einsatzes hätte.

Derzeit waren Terry und Lou mit ihren GPT-Mitstreitern allerdings noch mitten im Einsatz, beobachteten und observierten und wollten auf jeden Fall den Einsatz so weit fortführen, bis sie sich sicher waren, dass es im Bereich der Wunne-Bar keine Lieferung gegeben hätte und keine Gefahr mehr bestand. Sie würden auch den Bus der Haarlem Dixieland-Band samt Anhänger mindestens bis zu Ihrem Hotel weiterverfolgen. Sollte sich auch dann nichts Verdächtiges ergeben haben würden sie wohl ihren Einsatz abbrechen. Immerhin hatten sie ja heute Abend schon erfolgreich eine vorgetäuschte Entführung vereitelt und diesen Fall erfolgreich abgeschlossen.

Inzwischen beendeten die Bandmitglieder ihren Ausflug zur Theke, wo sie sich intensiv noch mit Lola unterhalten hatten, und setzten den Instrumentenabbau in Ruhe fort. Sie strahlten über ihren erfolgreichen Auftritt und freuten sich, dass sie beim Publikum Interesse erzeugt hatten und auch einige CDs verkauft worden waren.

Nach und nach wurden die Instrumente im Bus und dem Anhänger sicher verstaut und man verabredete einen gemeinsamen Aufbruch in Richtung Hotel. Auch in der Bar leerten sich die Räumlichkeiten nach und nach und am Tresen versammelten sich einige Gronauer Stammkunden, die sich besonders über das Highlight des Jahres in der Wunne-Bar freuten und sich bei schon erhöhtem Alkoholpegel noch eine Menge zu erzählen hatten.

Klaus verabschiedete Tom und Laura, Matze und Ruth sowie Johannes und Julia, die sich durch die Bahnhofstraße in Richtung Sonderzug aufmachten in Begleitung zahlreicher weiterer Gäste. Der Sonderzug vom Jazzfest Gronau würde sicher voll werden, eigentlich hätten sie schon ganz gerne Sitzplätze für die einstündige Sonderfahrt eingenommen. Mal sehen ob das klappen würde. Klaus nahm noch einmal alle in den Arm und sie versicherten sich, dass sie im nächsten Jahr auf jeden Fall wiederkommen wollten, dann sollte aber auf jeden Fall Terry mit dabei sein und ein dienstfreies Wochenende einplanen.

Terry und Lou berieten sich mit ihren Kolleginnen und Kollegen. Sie hatten bereits das Beladen des Bandfahrzeugs genau beobachtet, würden dieses quasi eskortieren in Richtung Hotel und dort entweder den Einsatz beenden oder aber bei jeglicher Auffälligkeit versuchen, durch einen Zugriff herauszubekommen, was denn wirklich hinter dieser ominösen Lieferung steckte.

Zwei GPT- Zivilbeamte fuhren schon einmal vor in Richtung KKK und würden die Band bei ihrem Eintreffen verdeckt in Empfang nehmen. Terry wollte sich mit ihrem Einsatzfahrzeug an die vorausfahrende Band anhängen und die Situation sehr genau beobachten. Die Absperrgitter waren inzwischen in der Innenstadt Gronaus bereits so geöffnet worden, dass ein Anliegerverkehr wieder möglich war und sich die Fahrzeuge in den normalen Verkehr einordnen konnten. Auch die innenstadtnahen Parkplätze hatten sich inzwischen schon deutlich geleert.

Auf der Fahrt nahmen sie noch einmal Kontakt auf zur GPT- Zentrale in Enschede und ließen sich vom Verhör des Managers Rob Ronaldo und seiner beiden Personenschützer Vitali und Vladimir Lawrow berichten. Dabei hatte Rob Ronaldo zugegeben, Poldi C.`s Entführung inszeniert zu haben. Natürlich habe er das nur zum Schutz von Poldi C. gemacht, da dieser wegen seiner Alkoholeskapade nicht in der Lage gewesen sei, vor 5000 Gästen auf der Bühne seine Show darbieten zu können. Er habe doch somit lediglich im besten Interesse seines Schützlings gehandelt und müsse für sein Handeln eigentlich belobigt werden. Für seine beiden Security- Mitarbeiter übernehme er die volle Verantwortung, die hätten lediglich auf seine Anweisung hin ihre Pflicht erfüllt. Allerdings blieb da ja wohl noch der Tatbestand des Widerstands gegen die Staatsgewalt bei den Fluchtversuchen und dem tätlichen Angriff gegen Terry Westhues und Lou van Reef. Dafür würden sie sich sicherlich verantworten müssen mit entsprechenden Folgen auch für ihre zukünftigen beruflichen Einsatzmöglichkeiten.

Poldi C. war zunächst einmal zur Entgiftung in ein psychiatrisches Fachkrankenhaus gebracht worden. Rob Ronaldo hatte allerdings schon Kontakt zu einer Privatklinik auf Mallorca aufgenommen, wo sich Poldi C. kurzfristig nach wiedererlangter Transportfähigkeit hinbegeben sollte.

Mit durchaus stolzem Unterton hatte Rob Ronaldo darauf hingewiesen, dass schon in der Nacht ein wahrer Sturm in den sozialen Medien losgegangen sei mit dem Hinweis auf Poldi`s Entführung und das habe eine wunderbare Publicity für seinen Schützling in den letzten Stunden ausgelöst. Bestimmt würde schon morgen in den Radioprogrammen sein neues Lied:

„Du bist zu schön um wahr zu sein"

rauf und runter gespielt. Das sei doch alles ganz wunderbar auch für Poldi C. Augenzwinkernd habe er noch hinzugefügt, man müsse doch anerkennen, wie gut er das alles organisiert habe und wie toll das alles auch für das Marketing des Karpatenfestes sei. Es tue ihm nur leid, dass der Karpatenveranstaltungsleiter heute sein Programm habe umstellen müssen. Man habe ihm allerdings mitgeteilt, dass die junge Band mit Bryan aus Berlin das Publikum mitgerissen habe und die Veranstaltung einen großen Erfolg gehabt habe.

Dem Veranstalter habe er zudem zugesichert, dass Poldi C. bestimmt im nächsten Jahr sehr gern seinen Auftritt nachholen wolle.

Nach diesem Bericht aus Enschede waren sie inzwischen schon nahe an das KKK - Resort herangefahren und hatten immer noch die Rücklichter des Bandfahrzeuges vor sich.

Kapitel 15

Inzwischen war das vorauseilende GPT-Team bereits am KKK eingetroffen und hatte sich eine für die Observation geeignete Position ausgesucht. Von ihrem Standort aus hatten sie einen Blick in das Foyer mit der Rezeption und auch einen Überblick über den Weg von der überdimensionierten großen Garage hin zum Haupteingang des Resorts. Die Garage selbst hatte Sicherheitseinrichtungen mit Videoüberwachung und die Tore waren hoch genug, um auch größeren Fahrzeugen eine Einfahrt zu ermöglichen. Die vermögenden Kunden des Resorts würden ja sicher auch teure Autos fahren und wollten diese gesichert untergebracht wissen.

Die Beamten konnten von ihrem Fahrzeug aus natürlich nicht in die Garage selbst hineinsehen, wussten aber, dass sie die Möglichkeit hätten, bei Bedarf die Videos im Sicherheitsbüro des Hotels einsehen zu können.

Für die fortgeschrittene Stunde nach Mitternacht war jetzt am Hotel doch relativ viel Betrieb. Es waren weitere Gäste nach Beendigung des Jazzfestes und auch der Karpatenveranstaltung eingetroffen. Offenbar hatte man sich aber an der

Rezeption durch die Erfahrungen der Vorjahre darauf eingestellt. Neben dem Nachtportier war eine zweite Rezeptionsfachkraft aktiv und von Zeit zu Zeit wurden die beiden zusätzlich unterstützt durch eine attraktive junge Frau. Später würde sich herausstellen, dass es sich um Nadja Fischer handelte, diese war von den beiden Polizeikommissaren auf die besondere Situation in dieser Nacht aufmerksam gemacht worden. Sie ließ es sich nicht nehmen, vor Ort Präsenz zu zeigen und im Bedarfsfall eingreifen zu können. Vermutlich pendelte sie auch zwischen der Rezeption und dem Sicherheitsbereich, wo der für die Sicherheit zuständige Mitarbeiter mit der Beobachtung der Monitore beschäftigt war.

Der Tourneebus der Haarlem- Dixieland-Band samt Anhänger bog dann durch die Einfahrt auf das Gelände des Resorts ein. Das auffällige Fahrzeug mit großem Schriftzug fuhr direkt auf die Garageneinfahrt zu und verschwand aus ihrem Blickfeld. Kurz darauf folgte das GPT- Fahrzeug mit Terry und Lou und fuhr in Richtung Garage. Sie tauschten sich per Sprechfunk aus, um keine besondere Aufmerksamkeit vor dem Hotel zu erregen.

Offenbar waren die beiden Kommissare aber nicht die einzigen, die dem Tourneebus gefolgt waren. Schon kurz nach ihnen kam ein Porsche Panamera um die Ecke gebogen, der auch direkt in Richtung Garage weiterfuhr.

Beim Vorbeifahren meinte Terry, das Gesicht des Fahrers im Laufe des Abends schon einmal gesehen zu haben, konnte aber nicht sicher sagen, in welchem Zusammenhang oder an welcher Stelle sie den Mann schon gesehen hatte.

Neben der Garageneinfahrt öffnete sich die Ausgangstür für Fußgänger und die Bandmitglieder der Haarlem Dixieland-Band schlenderten in Richtung Hotelfoyer. Fünf der insgesamt sechs Männer zogen ihren kleinen Trolley an der Hand, der sechste allerdings trug als einziger sein Instrument ins Haus. Das war offenkundig der Bassist der Band, Ion Theodorescu. Die Band selbst hatte fünf Mitglieder, so dass der sechste Mann offenbar derjenige war, der während des Gastspiels in Gronau im Hinterhof Bus und Anhänger bewacht hatte.

Die Männer gingen gemeinsam zur Rezeption und checkten dort ein. Bei vorab bestätigter Onlinereservierung waren die Formalitäten schnell erledigt und sie erhielten ihre Karten, um damit dann die Zimmer öffnen zu können.

Kurz nach ihnen begab sich dann auch der etwa 40-jährige Mann mit dem Porsche Panamera an die Rezeption und buchte dort offenbar ebenfalls ein.

Die beiden GPT- Teams sprachen sich ab, das Team auf dem Parkplatz würde den Außenbereich, das Foyer und die Garage weiterhin genau im Blick haben und im Falle einer überstürzten Flucht eingreifen können.

Terry und Lou gingen jetzt in das Gebäude hinein, wiesen sich beim Personal noch einmal aus und baten um Einlass in den Sicherheitsbereich und ein Gespräch mit der Geschäftsführerin Frau Fischer. Ohne weitere Umschweife gelangten sie in den Überwachungsraum und konnten erkennen, wie die Mitglieder aus dem Aufzug stiegen und jeweils zu zweit ihre Zimmer aufschlossen. Die Kommissare konnten sich noch keinen rechten Reim drauf machen, warum der Bassist der Gruppe sein Instrument mit ins Zimmer nahm. Er teilte dieses offenkundig mit dem Mann vom Hinterhof. Möglicherweise konnte dieses der Bruder des Bassisten sein, der vor einigen Jahren durch einen

Einbruchsdiebstahl bereits bei der Polizei aktenkundig geworden war.

Jetzt stieg auch der Porschefahrer aus dem Aufzug und ging direkt auf das Zimmer neben dem Bassisten zu und schloss es auf. Terry bat den Securitymitarbeiter, die Videos auf Großaufnahme zu stellen um sowohl ein Bild vom Porschefahrer wie auch vom Begleiter der Band zur Identifizierung in ihre GPT- Zentrale schicken zu können.

Der offenkundig technisch geschickte Sicherheitsmitarbeiter erledigte diese Aufgabe in kurzer Zeit und sie wussten, dass in ihrer Zentrale die Computer der deutschen und niederländischen Polizei an der Identifizierung arbeiteten.

Schon nach kurzer Zeit gab es eine Rückmeldung aus Enschede. Es handelte sich wohl tatsächlich um den Bruder von Ion Theodorescu, der wegen seiner Vorstrafe aktenkundig war.

Der Porschefahrer war zwar nicht aktenkundig, allerdings hatte man eine Halterabfrage seines Pkws veranlasst. Sein Name war Hanno Holzhey mit Wohnsitz in Köln.

Jetzt wurde es doch richtig spannend für die Kommissare. Sie hätten nur zu gern gewusst, was sich in der Zwischenzeit in den Zimmern abspielte. Sie brauchten allerdings nicht zu lange warten, denn Hanno Holzhey begab sich auf den Flur mit einer mittelgroßen Tasche in der Hand. Er klopfte wohl mit einem bestimmten Rhythmus an der Nachbartür und es wurde ihm zügig geöffnet.

Das war jetzt für Terry und Lou das eindeutige Zeichen für einen Zugriff. Die Polizeiverstärkung sollte zwischenzeitlich das gesamte Hotelgelände und insbesondere die Garage sichern, die Mitglieder vom GPT auf dem Parkplatz wurden sofort zur Verstärkung zum Ort des Geschehens in das Hotel beordert.

Kapitel 16

Nachdem sie sich positioniert hatten klopfte Lou laut an die Zimmertür und rief: „Hier spricht die Polizei, bitte öffnen Sie sofort die Tür!" Auf dem Flur hörten sie zwar Gemurmel im Zimmer, geöffnet wurde ihnen jedoch nicht. Daraufhin gab er das Zeichen zum Aufbrechen der Zimmertür, was dann auch gewaltsam in die Tat umgesetzt wurde. Im Zimmer saßen die beiden Theodorescubrüder und Hanno Holzhey.

Schon auf den ersten Blick fiel ihnen auf, dass der Instrumentenkoffer geöffnet war, das Instrument selbst herausgenommen worden war und sich innerhalb des Koffers ein großes Loch im aufgeschlitzten Futter befand. Die Polizisten sicherten zunächst einmal die Situation und an den Handgelenken der drei Männer klickten die Handschellen. Die beiden Theodorescubrüder waren total konsterniert während Hanno Holzhey noch einen recht gefassten Eindruck machte. Terry nahm ihm die Tasche ab und durchsuchte sie. Das musste schon eine größere Summe sein in einer Tasche mit lauter 500 €-Scheinen.

Lou übernahm das Kommando: „Sie sind alle drei vorläufig festgenommen und wir werden Sie auf die Polizeiwache nach Gronau mitnehmen."

„Das können Sie selbstverständlich machen, ich werde ihnen dort die Situation in Ruhe erklären" erwiderte ihnen der beschuldigte Hehler.

Noch spannender als der hohe Geldbetrag in der Tasche war aber die Frage, was sich denn tatsächlich hinter dem Futter des Instrumentenkoffers befinden könnte. Sie schnitten den Rand weiter auf und staunten nicht schlecht, als sich dahinter zwei Bilder befanden, auf denen fanden sich jeweils Brücken als Motiv.

„Die Bilder und der Instrumentenkoffer sowie das Geld sind hiermit beschlagnahmt!"

Lou erklärte dann den beiden Theodorescubrüdern in holländischer Sprache ihre Situation und ihre Festnahme. Sie wurden allesamt in Handschellen abgeführt. Auf Bitte von Frau Fischer hin nahmen sie einen Nebeneingang zur Garage, wo sie von Polizeikollegen in Empfang genommen wurden und diskret vom Hotel abtransportiert wurden in Richtung Moltkestraße in Gronau.

Sie konnten allesamt noch nicht recht einschätzen, warum hier ein dunkles Geschäft abgewickelt wurde mit einem offenkundig hohen Geldbetrag und klaren kriminellen Verstrickungen.

Terry hatte eine Idee: „Ich rufe jetzt sofort Johannes und Julia Graf auf ihrem Handy an. Sie müssten in ihrem Sonderzug ungefähr zwischen Ochtrup und Steinfurt sein. Ich werde sie bitten, in Steinfurt aus dem Zug auszusteigen und eine Streife dort zum Bahnhof beordern. Sie sollen auf schnellstem Weg zurück nach Gronau zur Polizeiwache kommen und ich möchte den beiden Experten die Bilder zeigen. Damit können wir zumindest eine erste Einschätzung des Wertes der beiden Bilder vornehmen und bekommen einen Informationsvorsprung vor den Kunsträubern und ihrem Hehler."

Gesagt, getan. Johannes war am Telefon doch sehr überrascht, war aber nach Erklärung sofort bereit, gemeinsam mit Julia Terrys Bitte zu entsprechen. Der Zug befand sich tatsächlich schon kurz vor Steinfurt und sie mussten ihn Hals über Kopf verlassen. Von dort konnten sie aber innerhalb von 20 Minuten mit dem Streifenwagen schnell nach Gronau zurückkehren und würden schon kurz nach

Eintreffen der drei Festgenommenen und von Terry und Lou ihr neues Ziel erreichen.

Kapitel 17

Nach der erfolgreichen Festnahme der drei Täter galt es jetzt, alle Beweise zu sichern und weiter aufzuklären, was es denn eigentlich mit den gefundenen Bildern und dem konfiszierten Geldbetrag auf sich hätte.

Dazu würden sie jetzt erst einmal eine fachkundige Meinung von Johannes und Julia Graf bekommen und dann die Vernehmungen der Festgenommenen durchführen. Auch die Autos der Täter wurden nach einer kurzen Kontrolle vor Ort beschlagnahmt. Frau Fischer hatte sie dabei bis in die Garage begleitet und zeigte sich mit allen Maßnahmen voll einverstanden. In der Nähe des Porsche Panameras hatte Lou als erfahrener Motorradfahrer eine sportlich wirkende leichtere Maschine entdeckt und hätte sie sich gern näher angesehen, wenn die Zeit es erlaubt hätte.

„Das ist meine Maschine, die hat ja ganz sicher nichts mit den Festnahmen zu tun."

Überrascht drehte sich Lou noch einmal zu Frau Fischer um, diese Frau stieg immer mehr in seinem Ansehen und am liebsten hätte er direkt gefragt, ob sie nicht einmal einen gemeinsamen Motorradausflug verabreden könnten. Das war hier aber wohl definitiv der falsche Moment für eine solche Frage.

Nach Versiegelung der beiden Hotelzimmer, Sicherstellung der Fahrzeuge und Beschlagnahme der gefundenen Bilder sowie des Videobeweismaterials gingen sie jetzt etwas ruhiger zu ihrem Dienstfahrzeug. Sie bedankten sich bei der Geschäftsführerin Frau Fischer für deren gute Kooperation in diesem Kriminalfall und wünschten ihr, dass sie für die nächste Zeit verschont bliebe vor weiteren kriminellen Handlungen.

Insgeheim hoffte Lou allerdings darauf, vielleicht doch einen Anlass zu finden, der ihn noch einmal zu Frau Fischer führen würde. Da würde er sich sicher etwas einfallen lassen, jedenfalls war sein Interesse an einem Kennenlernen sehr groß.

Terry schmunzelte in sich hinein. Sie kannte Lou ja schon länger und wusste, dass er nach einer schwierigen Zeit nach Auslandseinsätzen sowie privater Trennung und Scheidung inzwischen wieder Fuß gefasst hatte. Offenkundig war er als athletischer und sportlicher Mann mit gerade einmal 45 Jahren wieder offen für neue Aktivitäten. Das würde ihm sicher gut tun und seine früher manchmal wechselhafte Stimmungslage deutlich verbessern.

Getrennt in zwei Streifenwagen fuhren die beiden Theodorescubrüder und Hanno Holzhey auf den Parkplatz der Polizeiwache Gronau in der Moltkestraße. Ein weiterer Streifenwagen traf über die B 54 aus Richtung Steinfurt kurz darauf an. Auch Terry und Lou meldeten sich am Eingang der Wache nach erfolgreichem Einsatz zurück. Die GPT-Zentrale war bereits von unterwegs aus über die Gesamtsituation informiert wurden. Nach den Festnahmen konnten die weiteren Einsatzkräfte jetzt zu später Stunde ihren Dienst beenden. Für Terry und Lou würde es allerdings mit noch unbekanntem Ende weitergehen.

„Das haben wir nicht gedacht, dass wir euch heute Nacht noch einmal wiedersehen. Aber wenn wir der Polizei helfen können wollen wir das natürlich gerne tun" platzte es aus Johannes heraus.

Gemeinsam gingen sie dann in ein Besprechungszimmer. Terry wickelte die beiden Bilder ganz vorsichtig aus dem Futter des Instrumentenkoffers heraus.

„Booh! Wow! Was ist das denn? Ich kann es ja gar nicht fassen. Ihr habt ja heute Nacht wirklich einen Jackpot geknackt!"

Johannes und Julia waren völlig aus dem Häuschen und wussten offenbar sofort Bescheid, worum es sich hier handelte.

„Nun sagt schon, was das hier für Bilder sind und was das alles bedeutet!"

„Diese beiden Bilder sind Meisterwerke von Claude Monet. Dargestellt werden auf diesen Bildern zwei Londoner Brücken, die Charing-Cross-Bridge und die Waterloo- Bridge aus der Zeit um 1900. Die Werke gelten eigentlich als zerstört und unwiderruflich verloren. Sie waren Teil der sogenannten Tritonsammlung und sollen nach einem Raub vor fünf Jahren eigentlich verbrannt worden sein. Auch wenn man die Bilder selbstverständlich sehr genau untersuchen muss bin ich auf den ersten Blick der Auffassung, dass es sich hier wirklich um die Originale handelt, die damals in Rotterdam gestohlen worden sind."

Terry und Lou mussten sich zunächst erst einmal fassen. Das war offenkundig ein Fall mit internationalen Dimensionen und Werten im höheren Millionenbereich.

„Ihr habt uns mit eurer Expertise sehr geholfen und wir müssen uns wirklich bei euch bedanken. Eigentlich hättet ihr verdient, dass diese beiden Bilder später einmal in eurer Galerie in Münster ausgestellt werden können. Bei der Vorgeschichte ist das aber vielleicht doch etwas sehr heikel. Auf jeden Fall aber wird das Wiederauffinden der Bilder in die Kunstgeschichte eingehen und ihr beiden habt dabei ein Kapitel mitgeschrieben."

Beide Kommissare waren sehr froh, die wichtigen Hinweise durch die Kunstexperten erhalten zu haben um die Verhöre der festgenommenen Kunsträuber vorbereiten zu können.

Sie würden jetzt erst einmal mit dem Verhör von Hanno Holzhey beginnen. Polizeilich war der Mann bisher nicht in Erscheinung getreten. Gerade als Johannes und Julia das Besprechungszimmer verließen begegneten sie auf dem Flur Hanno Holzhey, der in das Verhörzimmer gebracht werden sollte.

„Hallo Hanno, was machst du denn hier?"

„Das ist eine etwas längere Geschichte, die ich euch gerne später einmal persönlich erklären werde. Ihr könnt aber sicher sein, dass ich mit dem Rotterdamer Kunstraub persönlich nichts zu tun habe. Bitte habt Verständnis, wenn ich jetzt zuerst mit der Polizei die Situation besprechen möchte. Wie ihr sicher sofort erkannt habt geht es hier um einen großen Kunstschatz und mehrere Millionen Vermögenswerte."

Lou und Terry schauten sich an. Offenkundig kannten sich Johannes und Julia sowie Hanno Holzhey. Jetzt wussten sie auch wieder, wo sie Herrn Holzhey bereits einmal gesehen hatten. In der Fußgängerzone hatte er ein kurzes Gespräch mit den Galeristen geführt, war aber schnell wieder verschwunden.

Das Verhörzimmer wirkte kahl und nüchtern, bei einer Vernehmung in der Nacht wirkte alles besonders einschüchternd und abweisend.

Die Kommissare klärten Herrn Holzhey über seine Rechte auf. Der wirkte allerdings ganz aufgeräumt und sicher und war trotz seiner unklaren Situation und der Beschuldigungen offenbar guter Dinge.

„Gut, dann wollen wir mal Klartext reden. Mein Name ist Hanno Holzhey, ich arbeite als freier

Kunsthändler mit internationalen Kontakten. Wichtiger ist allerdings meine verdeckte Tätigkeit als Kunstdetektiv mit Tätigkeiten für große Versicherungen.

Sie erleben mich hier heute beim Abschluss eines akribisch geplanten Projektes. Nach intensiven Bemühungen ist es mir im Vorjahr gelungen, einen Kontakt zur Familie des Hauptverdächtigen vom Kunstraub in Rotterdam herzustellen. In der Nacht vom 15. auf den 16. Oktober 2012 wurden aus der Kunsthalle Rotterdam sieben Gemälde der Triton - Sammlung gestohlen. Die Triton-Sammlung gehörte einer Kunstsammlung des Rotterdamer Geschäftsmanns Willem Cordia und war dorthin für eine Sonderausstellung ausgeliehen worden.

Die Rotterdamer Polizei hat damals als Hauptverdächtigen einen rumänischen Räuber ermittelt. Dieser hatte wohl aus Angst vor Entdeckung die Bilder vermeintlich in seine Heimat gebracht. Die Aufbewahrung hatte er nach seinen Angaben seiner Mutter übergeben. Als der Fahndungsdruck zu groß wurde soll diese die Bilder angeblich verbrannt haben zum Schutz ihres Sohnes. Das hätten die rumänischen Behörden nach Gutachtenvorlage mit Untersuchung der Bilderasche auch so bestätigt.

Daraufhin wurde eine Versicherungssumme von 18,1 Millionen € 2013 an den Eigentümer ausgezahlt. Das Konsortium von Floyds of London hat mich wiederum beauftragt, weitere Recherchen anzustellen und falls möglich und noch existent die unwiederbringlichen Kunstschätze wieder herbeizuschaffen.

In Fachkreisen wird der Wert der gesamten Tritonsammlung auf bis zu 100 Millionen € taxiert.

Die beiden jetzt hier sichergestellten Gemälde von Claude Monet haben auf dem internationalen Kunstmarkt also sicherlich einen Wert in Höhe eines mittleren zweistelligen Millionenbetrages.

Im letzten Jahr habe ich dann nach erfolgreicher Kontaktaufnahme zur Familie Theodorescu einen Transfer der Bilder nach Deutschland verabredet und dabei bereits eine höhere Geldsumme als Anzahlung und Motivationshilfe bezahlt. Zur Umgehung möglicher Grenzkontrollen hat die Familie Theodorescu dann das Ablenkungsmanöver mit der Jazzband gewählt und auch in Eigenregie durchgeführt.

Meine Funktion in diesem Deal war die eines Kunstdetektives und ich erhalte von der Versicherungsgesellschaft eine erfolgsabhängige

Provision. Nach Sicherstellung der Gemälde wird die Versicherungsgesellschaft mit ihrem rechtlichen Beistand ihre Eigentumsrechte geltend machen. Deren Anwälte werden Ihnen meine Beauftragung und die Richtigkeit meiner Angaben selbstverständlich bestätigen können."

Terry und Lou sahen sich an und sie waren noch immer fassungslos über die Dimension des Falles und auch über die Art und Weise, wie sich jetzt der Fall löste.

Am Morgen würden sie die Angaben des Kunsthändlers zum Tathergang und den Hintergründen überprüfen, im Moment gingen sie aber von der Glaubwürdigkeit seiner Aussagen aus. Es war zu erwarten, dass Herr Holzhey im Laufe des Samstags auf freien Fuß gesetzt würde.

Kapitel 18

Die Theodorescubrüder wirkten sehr geknickt als sie in den Verhörraum geführt wurden. Sie hatten wohl wirklich gedacht, einen schlauen Plan zu haben und waren sehr überrascht gewesen, trotz der guten Tarnung polizeilich aufgefallen zu sein.

Im Verhör durch Lou, der die Federführung in seiner Muttersprache übernahm, stritten sie erst einmal jegliches Wissen über einen früheren Kunstraub und über eine Beteiligung ab. Auch bei Konfrontation mit den bei ihnen konfiszierten Bildern gaben sie zu Protokoll, dass sie davon überhaupt nichts gewusst hätten und man ihnen offenbar etwas untergeschoben habe. Nach dem Kunstraub 2012 sei doch schon alles untersucht worden und die rumänischen Behörden hätten gutachterlich attestiert, dass die gestohlenen Bilder allesamt zerstört und verbrannt worden seien. Es könne sich doch hier wohl nur um Fälschungen handeln, das eigentliche Verfahren zum Kunstraub sei schon lange abgeschlossen. Sie hätten jetzt nur versucht, dem Drängen des Kunsthändlers nachzugeben und hätten sich schon gewundert, dass dieser bereit war, so viel Geld für Fälschungen auszugeben.

Weitere Angaben würden sie ohne anwaltlichen Beistand jetzt auch nicht mehr machen.

An dieser Stelle brachen die Kommissare die Verhöre tief in der Nacht um 3.30 Uhr ab. Bei unkooperativen Männern, die jegliche Verstrickung in das Verbrechen abstritten, sollte zunächst einmal ein Gutachten zur Echtheit der Gemälde Klarheit in den Fall bringen. Bis dahin würden die beiden Männer in polizeilichem Gewahrsam verbleiben und das GPT-Team würde den Fall an eine Spezialeinheit weitergeben.

Für diese Nacht hatten die beiden GPT-Kommissare genug geleistet und verabschiedeten sich nach sehr erfolgreichem Abend. Lou fuhr mit dem Dienstwagen zu seiner Wohnung nach Losser während Terry nur ein paar Schritte zur Veilchenstraße gehen musste. Sie würde versuchen, ganz leise zu sein, um Klaus nicht zu wecken. Morgen könnten sie dann gemeinsam frühstücken und im Laufe des Tages etwas Abstand von den Ereignissen der Freitagnacht gewinnen.

Nach kurzer Nacht würde Lou nach dem Anruf seines Sohnes gegen Mittag noch einmal nach

Alstätte fahren und ihn dort vom Bauernhof abholen.

Gegen 13 Uhr hatten sie sich dann auf der Polizeiwache verabredet und würden den Fall dann weiter aufarbeiten und ihre Informationen an das zuständige Dezernat weiterleiten.

Kapitel 19

Terry wachte auf und musste sich erst einmal kurz in ihrer Wohnung orientieren. Nach einer zu kurzen Nacht war sie noch recht verschlafen und drehte sich zu ihrem geliebten Klaus um. Doch leider war seine Bettseite schon leer. Ganz in Ruhe stieg Terry aus dem Bett und ging durch die Wohnküche in Richtung Badezimmer. Dabei stieg ihr schon der Duft von frischem Kaffee in die Nase und sie goss sich von dem heißen Kaffee ein. Von Klaus war nichts zu sehen und sie nahm an, dass er bereits zum Bäcker einkaufen gegangen war. Das hatte sie schon sehr gerne, wenn sie mit frischem Kaffee und leckeren Croissants zum Frühstück verwöhnt wurde.

Da konnte sie sich erst einmal in Ruhe beim Duschen frisch machen. In der Nacht war es ja schon sehr unruhig gewesen und im Bett fand sie zunächst auch noch keine Ruhe nach den Aufregungen des Vortages und der letzten Nacht. In diesem Moment kam Klaus zurück und legte die Brötchentüte mitsamt Tageszeitung auf den Tisch. Ein liebevoller Blick und ein Küsschen zur Begrüßung waren doch schon mal ein gelungener

Auftakt für den heutigen Samstag. In der Nacht hatte sie Johannes und Julia angeboten, das Schlafsofa in ihrer Wohnung zu benutzen, diese hatten allerdings eine Taxifahrt auf Staatskosten zurück nach Münster vorgezogen. Ab 10:00 Uhr war ja auch ihre Galerie wieder geöffnet, sodass den beiden auch nur noch eine kurze Nacht geblieben war. Es war aber schon vortrefflich, solch gute Freunde zu haben, die ohne lange nachzufragen sofort bereit gewesen waren, ihnen in dem kniffligen Fall zu helfen. Wo hätte man denn sonst in einer Wochenendnacht einen fachkundigen Gutachter zur Beurteilung der Situation herbekommen sollen. Mit dem Sonderzug aus Gronau waren demnach nur Matze und Ruth sowie ihr Bruder Tom und seine Frau Laura in Münster angekommen. Auch Tom und Laura wären bestimmt schon wach und würden sich auf den Weg nach Telgte auf Günters Bauernhof machen, um dort ihre Kinder nach einem gemeinsamen Mittagessen abzuholen. Vielleicht würden sie ja auch noch etwas Zeit dort verbringen im Interesse ihrer Kinder. Es war immer wieder schön, mit Bonnie an der Leine durch die Emsauen zu streifen und auf den Spaziergängen den Gedanken freien Lauf zu lassen.

Jetzt stärkten sich die beiden erst einmal ganz in Ruhe beim Frühstück mit Croissants, Marmelade und Käse und freuten sich auf den gemeinsamen Rest des Wochenendes. Um 13:00 Uhr würde sie dann die wenigen Schritte zur Polizeiwache gehen, sich mit Lou treffen und die Ereignisse der Nacht mit Dokumentationen abarbeiten. Sie hoffte, dass ihre Kollegen der Vormittagsschicht schon etwas erreicht hatten hinsichtlich der Übergabe der beiden Theodorescubrüder an die zuständigen Stellen in Holland. Bestimmt hätte sich auch schon ein Anwalt der Floyds of London Versicherungsgesellschaft gemeldet, um die Angaben von Hanno Holzhey zu beglaubigen. Sehr gerne würde sie auch noch einmal einen Blick auf die Bilder von Claude Monet mit den Londoner Brücken werfen. Die beiden Bilder hatten ihnen ja gestern einen turbulenten Tag eingebrockt. Sie hatten sehr lange gerätselt, was sich hinter dieser ominösen Lieferung aus Amsterdam verbergen könnte. Später würde sie noch einmal mit Klaus darüber reden, ob sie vielleicht zum Abend hin noch bei Lola einkehren würden. Immerhin war Lola der Ausgangspunkt der gesamten Polizeiaktion gewesen. Ohne ihren heißen Tipp aus Amsterdam wären sie den Kunstdieben vermutlich nie auf die Schliche gekommen. Das war schon ein sehr raffinierter Trick gewesen mit dem Versteck hinter dem Futter des Instrumentenkoffers. Da konnte man den Polizeikollegen von der Autobahn, die den Tourneebus und den Anhänger mit Drogenspürhunden untersucht hatten, keinerlei Vorwurf machen. Dieses Versteck war einfach zu gut und wer konnte auch schon mit gestohlenen Bildern als Diebesgut rechnen.

In diesem Moment erwischte sie sich dabei, dass sie gedanklich schon wieder voll zu ihrer Arbeit abgedriftet war. Über den Frühstückstisch hinweg traf sie dann aber ein sehr warmherziger Blick von Klaus und ein Kribbeln im Bauch und ein stilles Einverständnis mit ihrem Freund führte dazu, dass sie sich erst einmal ins Schlafzimmer zurückzogen und den neuen Tag kuschelig begannen.

Kapitel 20

Lou hatte ebenfalls eine unruhige und zu kurze Nacht hinter sich gebracht. Nach der kalten Dusche betrachtete er sich im Spiegelbild, sah sein weiterhin übermüdet wirkendes Gesicht mit Dreitagebart und wurde ganz langsam wach. Ein Orangensaft, ein Milchkaffee und ein belegter Toast waren seine Muntermacher. Er gestand sich ein, dass ihm ein gemeinsames Frühstück mit Nadja Fischer, von der er nachts noch geträumt hatte, auch sehr recht gewesen wäre. Sein Handy klingelte. Er hoffte, dass ihn die Arbeit doch wenigstens noch bis 13:00 Uhr in Ruhe ließe. Das war dann auch so. Am Telefon meldete sich sein Sohn vom Bauernhof in Alstätte. " Wir sind ja alle schon munter, Papa. Kannst du mich bitte, wenn du soweit bist, hier abholen und nach Enschede zurückbringen?" „Klar, mache ich, ich bin dann in einer guten halben Stunde bei euch."

Auf dem Weg zum Bauernhof käme er erneut an Knallhütte vorbei und wollte sich den Entführungstatort dort noch einmal ansehen. Beim Blick in den Spiegel hatte er gesehen, dass sich doch ein größerer blauer Fleck am linken

Rippenbogenrand abgezeichnet hatte. Da hatte er wohl doch ein kleines Andenken an die Lawrowbrüder behalten. Er war sich aber sicher, dass die Verletzung ihm innerhalb weniger Tage kaum noch zu schaffen machen würde. Bei einem kurzen Halt an der Tankstelle stellte er fest, dass eigentlich keinerlei Spuren mehr von der Straßensperre in der Nacht und der Festnahme des Managers und der Lawrowbrüder zu sehen waren. Es ging dann weiter über Alstätte am Karpatenfestzelt vorbei. Bei Tag wirkte das Gelände jetzt ganz ruhig und friedlich. Es wurde kräftig gelüftet und es standen mehrere LKWs der Getränkefirma vor dem Zelt, um für ordentlichen Nachschub zu sorgen. Kurz darauf gelangte er auch zum Weg auf den Bauernhof und er wurde erneut vom laut bellenden Hofhund empfangen. Da der Hund sein Kommen bereits angekündigt hatte kam Roy kurz darauf mit seinen Sachen vor die Tür. Lou stutzte als er bemerkte, dass Roy wohl nicht allein zum Auto kam. Offenbar schien sein Sohn bester Dinge zu sein, hatte den Arm um Jennys Schultern gelegt und er gab ihr einen zärtlichen Kuss zum Abschied.

„Hallo Roy, alles klar? Das Leben auf dem Lande scheint dir ja bestens zu bekommen."

„Ja Papa, alles bestens, dann fahr mich doch bitte nach Hause, ich bin noch müde und habe Schlaf nachzuholen".

So ist das also beim Erwachsenwerden, da wird man als Elternteil gern als Chauffeur benutzt. Trotzdem freute er sich sehr, dass es Roy offensichtlich sehr gut ging und er offenkundig verliebt war.

Gemeinsam fuhren sie in Richtung Enschede zurück und er setzte Roy dann bei seiner Mutter ab. Einen Augenblick hatte er noch darüber nachgedacht, ob er beim KKK vorbeifahren wollte. Das würde er sich allerdings für einen späteren Zeitpunkt aufheben. Als Vorwand hatte er sich überlegt, noch einmal das Zimmer der Theodorescubrüder inspizieren zu wollen oder auch noch einmal die Videoaufzeichnung der Nacht aus der Garage anzusehen. Eigentlich ging es ihm natürlich nur darum, einen Moment allein mit Frau Fischer verbringen zu können und sie in einem hoffentlich geeigneten Moment zu bitten, mit ihm einen Motorradausflug zu unternehmen.

Kapitel 21

Um 13:00 Uhr erreichte Lou die Polizeiwache Gronau und kam fast gleichzeitig mit Terry dort an.

Gerade wollten sie sich zu ihren Schreibtischen begeben als sie vom diensthabenden Kollegen gebeten wurden, doch zunächst einmal in das Besprechungszimmer zu gehen.

Dort wurden sie von dem gesamten GPT- Team und ihrem Chef Arjen Snijder mit großer Freude empfangen.

Der GPT- Chef begrüßte sie sehr herzlich und wollte es sich nicht nehmen lassen, den beiden Kommissaren für ihren erfolgreichen Einsatz in der letzten Nacht auch persönlich zu danken. Zu diesem Anlass war er extra von Enschede gekommen.

„Das war eine super Arbeit von euch. Wir haben sogar das Team in Enschede und hier in Gronau benötigt, um eure Festgenommenen allesamt dingfest machen zu können. Wir werden euch wohl von Enschede Rob Ronaldo und die beiden Lawrowbrüder wieder nach Deutschland zurück überstellen, dafür nehmen wir die Theodorescubrüder mit nach Holland.

Hanno Holzhey ist nach Bestätigung seiner Version durch die Floyds of London Versicherungsgesellschaft und deren Anwalt wieder auf freien Fuß gesetzt worden und ist mit seinem Porsche Panamera und Erhalt einer satten Provision bereits wieder unterwegs in Richtung Köln. Ob die beiden berühmten Bilder in den Archiven der Versicherung verschwinden oder auf die eine andere oder andere Art und Weise der Öffentlichkeit wieder zugänglich gemacht werden bleibt derzeit noch offen. Da von den 2012 gestohlenen sieben Bildern jetzt wieder zwei aufgetaucht sind stellt sich auch die Frage, ob vielleicht doch noch weitere Bilder die angebliche Verbrennung überstanden haben. Terry und Lou, wir sind sehr stolz auf euren Erfolg. Wenn ihr eure Dokumentation und die weiteren Absprachen im Team erledigt habt wünsche ich euch noch ein schönes Wochenende und zur Belohnung gibt es für euch beide am Montag noch einen freien Tag als Sonderurlaub."

Bisherige Veröffentlichungen von

Johnny Buterland:

Wunnebare Menschen

Portraits in Schwarz-Rot-Oranje

ISBN 978-3-7412-7706-1

Lichterfahrt

Der Euregiokrimi

ISBN 978-3-7431-2774-6